飞花令
古诗词

刘荔 ◎ 编著

春 夏 秋 冬 风 霜 雨 雪 酒 梦
花 云 日 月 夜 明 江 山 木 鸟

中华工商联合出版社

图书在版编目（CIP）数据

飞花令古诗词 / 刘荔编著. －－ 北京：中华工商联
合出版社，2019.9（2023.6重印）
　ISBN 978-7-5158-2549-6

Ⅰ.①飞… Ⅱ.①刘… Ⅲ.①诗词－诗歌欣赏－中国

Ⅳ.①I207.2

中国版本图书馆CIP数据核字(2019)第183281号

飞花令古诗词

作　　者	刘　荔
选题策划	关山美
责任编辑	关山美
封面设计	北京聚佰艺文化传播有限公司
责任审读	于建廷
责任印制	迈致红
出版发行	中华工商联合出版社有限责任公司
印　　制	三河市燕春印务有限公司
版　　次	2019年10月第1版
印　　次	2023年 6 月第3次印刷
开　　本	710mm×1020mm 1/16
字　　数	180千字
印　　张	10
书　　号	ISBN 978-7-5158-2549-6
定　　价	35.00元

服务热线：010—58301130　　　工商联版图书
销售热线：010—58301130　　　版权所有 侵权必究
地址邮编：北京市西城区西环广场 A 座
　　　　　19—20 层，100044
http：//www.chgslcbs.cn　　　凡本社图书出现印装质量
E-mail：cicap1202@sina.com(营销中心)　问题，请与印务部联系
E-mail：gslzbs@sina.com(总编室)　　联系电话 :010-58302915

飞花令，原本是古人行酒令时的一种文字游戏，源自古人的诗词之趣，得名于唐代诗人韩翃《寒食》中的名句"春城无处不飞花"。行飞花令时可选用诗词曲中的句子，但选择的句子一般不超过七个字。

酒令是酒文化的重要组成部分，它在筵席上是助兴取乐的饮酒游戏，萌生于儒家的"礼"，最早诞生于周。饮酒行令既是古人好客传统的表现，又是他们饮酒艺术与聪明才智的结晶。

古代的飞花令要求，对令人所对出的诗句要和行令人吟出的诗句格律一致，而且对规定好的字出现的位置同样有着严格的要求。这些诗可背诵前人诗句，也可临场现作。

比起古人的规则，本书中的"飞花令"要求相对简单得多，对诗句的要求没有古代那样严格，含有关键字即可，而对关键字的位置则没有要求。本书共选取高频出现的20个关键字，近两百首诗词，供大家学习参考。

目录

夏

冬

风

霜

梦

日

月

古诗词

1. 春 晓

孟浩然（唐）

春眠不觉晓，

处处闻啼鸟。

夜来风雨声，

花落知多少。

【译文】

春日里贪睡不知不觉天已破晓，搅乱我酣眠的是那啁啾的小鸟。

昨天夜里风声雨声一直不断，那娇美的春花不知被吹落了多少？

2. 村 居

高鼎（清）

草长莺飞二月天，

拂堤杨柳醉春烟。

儿童散学归来早，

忙趁东风放纸鸢。

【译文】

农历二月，村子前后青草渐渐发芽生长，黄莺飞来飞去。杨柳披着长长的绿枝条，随风摆动，好像在轻轻地抚摸着堤岸。在水泽和草木间蒸发的水气，烟雾般地凝集着。杨柳似乎为这浓丽的景色所陶醉了。

村里的孩子们放了学急忙跑回家，趁着东风把风筝放飞蓝天。

春

3. 赋得古原草送别

白居易（唐）

离离原上草，一岁一枯荣。

野火烧不尽，**春**风吹又生。

远芳侵古道，晴翠接荒城。

又送王孙去，萋萋满别情。

【译文】

草原上的野草繁密茂盛，每年一度枯萎一度繁荣。

任凭野火焚烧也烧不尽，春风吹来又蓬勃地滋生。

远处的芳草蔓延着侵占古道，翠绿的草色连接着荒城。

在此又送别友人远去，茂盛的芳草也充满离别之情。

小知识

《赋得古原草送别》这首诗的重点在描绘古原上的野草。作者不但勾画了草原的广阔，野草的青翠和芳香，还着重歌颂了野草顽强的生命力。

4. 游子吟

孟郊（唐）

慈母手中线，游子身上衣。

临行密密缝，意恐迟迟归。

谁言寸草心，报得三**春**晖。

【译文】

慈祥的母亲用手中的针线，为儿子赶制身上的衣衫。

临行前一针针密密地缝缀，唯恐他迟迟不能还乡。

谁能说子女的孝心，能够报答慈母恩情呢？

5. 咏柳

贺知章（唐）

碧玉妆成一树高，
万条垂下绿丝绦。
不知细叶谁裁出，
二月春风似剪刀。

【译文】

如同碧玉装扮成的高高的柳树，长长的柳条柔嫩轻盈，像千万条绿色的丝带低垂着，在春风中婆娑起舞。

这一片片纤细柔美的柳叶，是谁精心裁剪出来的呢？就是这早春二月的风，温暖和煦，恰似神奇灵巧的剪刀，裁剪出了一丝丝柳叶，装点出锦绣大地。

6. 春日

朱熹（宋）

胜日寻芳泗水滨，

春

无边光景一时新。

等闲识得东风面，

万紫千红总是**春**。

【译文】

风和日丽游春在泗水之滨，无边无际的风光焕然一新。

谁都可以看出春天的面貌，春风吹得百花开放、万紫千红，到处都是春天的景致。

小知识

朱熹，宋朝著名的理学家、思想家、哲学家、教育家、诗人，儒学集大成者，世尊称为朱子，是中国教育史上继孔子后的又一人。朱熹与程颢、程颐合称"程朱学派"。

7. 泊船瓜洲

王安石（宋）

京口瓜洲一水间，

钟山只隔数重山。

春风又绿江南岸，

明月何时照我还？

【译文】

京口和瓜洲不过一水之遥，钟山也只隔着几重青山。

温柔的春风又吹绿了大江南岸，可是，天上的明月呀，你什么时候才能够照着我回家呢？

8. 春夜喜雨

杜甫（唐）

好雨知时节，当春乃发生。

随风潜入夜，润物细无声。

野径云俱黑，江船火独明。

晓看红湿处，花重锦官城。

【译文】

春雨知道适应季节，当万物萌发生长时，它伴随着春风，在夜晚悄悄地及时降临，滋润万物又细微无声。

郊野的小路和空中的云朵躲在黑暗之中，江上渔船的灯火却格外明亮。

待到天明，看那细雨滋润的红花，映着曙光分外鲜艳，饱含雨露的花朵开满了锦官城（今四川省成都市）。

9. 游园不值

叶绍翁（宋）

应怜屐齿印苍苔，

小扣柴扉久不开。

春色满园关不住，

一枝红杏出墙来。

【译文】

扣了好久的门，也没有人来应门，大概是主人怕我的木屐踩坏他院子里的青苔吧。

春

一枝红杏从院墙上伸出来，想必是满园的春色关也关不住吧。

10. 赤壁

杜牧（唐）

折戟沉沙铁未销，

自将磨洗认前朝。

东风不与周郎便，

铜雀**春**深锁二乔。

【译文】

折断的战戟沉在泥沙中并未被销蚀，自己将它磨洗后认出是赤壁之战留下的武器。

假如东风不给周瑜以方便，那么结果恐怕是曹操取胜，大乔和小乔会被锁进铜雀台。

小知识

这首诗是诗人经过赤壁这个著名的古战场，有感于三国时期的英雄成败而写下的。发生于汉献帝建安十三年（208年）的赤壁之战，是对三国鼎立的历史形势起着决定性作用的一次重大战役。

1. 请从以下九个字中识别一句五字诗词。

空	但	净
见	鸟	不
秋	山	人

2. 请调整文字顺序，完整诗词。

示儿

陆游（宋）

死不元知乃九见，

但悲王空翁州同。

事万北中去原家，

定祭无忘师告日。

答案

1. 空山不见人（出自唐·王维《鹿柴》）

2. 死去元知万事空，但悲不见九州同。

王师北定中原日，家祭无忘告乃翁。

古诗词

夏

1. 喜晴

范成大（宋）

窗间梅熟落蒂，

墙下笋成出林。

连雨不知春去，

一晴方觉夏深。

【译文】

窗前的梅子熟了落了蒂，墙角下的竹笋也长成了林。

整天下雨都不知道春天已经结束了，天一晴才发现原来已到深夏。

2. 山亭夏日

高骈（唐）

绿树浓阴夏日长，

楼台倒影入池塘。

水晶帘动微风起，

满架蔷薇一院香。

【译文】

绿树洒下浓荫夏日正长，楼台的倒影映入了池塘。

水晶帘被微风轻轻吹动，满架的蔷薇花一院飘香。

3. 晚晴

李商隐（唐）

深居俯夹城，春去夏犹清。

天意怜幽草，人间重晚晴。

并添高阁迥，微注小窗明。

越鸟巢干后，归飞体更轻。

【译文】

身居僻静处俯视城门外的曲城，春去夏来仍有清爽凉风。

上天怜惜幽暗处的小草，人间更看重日晚天晴。

登上高阁看得更加遥远，太阳从小窗中射入一线光明。

枝上的鸟巢干爽之后，归巢的鸟身体更轻盈。

越鸟：南来的鸟。《古诗十九首》有"越鸟巢南枝"句。作者自喻。

4. 积雨辋川庄作

王维（唐）

积雨空林烟火迟，蒸藜炊黍饷东菑。

漠漠水田飞白鹭，阴阴夏木啭黄鹂。

山中习静观朝槿，松下清斋折露葵。

野老与人争席罢，海鸥何事更相疑。

【译文】

一连下了几天雨，空气湿度大，连炊烟上升都特别缓慢，村妇做好粗茶淡饭给在村子东头的土地上干活的人送饭。

广阔的水田里飞起白鹭，茂密的树林中黄鹂在鸣转。

诗人养静于深山中，看到木槿花朝开夕落，幽憩于松下折取带有露水的葵菜以作素食。

我已经不再去争名逐利了，人们为什么还要猜疑我呢？

藜：一种野菜。

东菑：东边的田地。

菑：指已耕种一年的田，此处泛指耕地。

阴阴：茂密幽深。

习静：指坐禅之类，以澄心息虑。朝槿，即木槿。花朝开暮谢。以喻世事无常。

清斋：指素食。

露葵：带有露水的葵菜。

野老：《庄子》载，阳子到沛地去，途中遇到老子，教导他要去除骄矜。回来时阳子便能和他人争席而坐。意谓无名利之心。

海鸥：《列子》载，海上有个人喜欢鸥鸟，总有无数只鸥鸟围绕在他身边。后来他父亲让他捉几只鸥鸟回来，从此鸥鸟再也不肯飞到他身边来了。比喻作者已无心机。

小知识

王维是一位多才多艺的艺术家，擅长音乐，他的诗和画都很有名。他的田园诗有很高的艺术成就，被人称赞是"诗中有画，画中有诗"。

5. 游太平山

孔稚圭（南北朝）

石险天貌分，

林交日容缺。

阴涧落春荣，

寒岩留夏雪。

【译文】

险峻的石崖似乎把天分隔开了，林木交错日光斑驳。

涧底阴冷，春花在此也应凋零，山崖酷寒，夏天还堆积着残雪。

小知识

《游太平山》是一首写景诗，简短四句写出了太平山的幽暗奇险，富于艺术的概括力。

6. 游赤石进帆海（节选）

谢灵运（南北朝）

首夏犹清和，

芳草亦未歇。

水宿淹晨暮，

阴霞屡兴没。

【译文】

初夏仍然清爽和暖，小草也没有停止生长，仍是一派欣欣向荣的景象。

水上的舟船将晨暮连成一体分不清早晚，阴云和彩霞多次变换，时而阴云密布，时而彩霞满天。

夏

7. 述怀（节选）

杜甫（唐）

去年潼关破，妻子隔绝久。

今夏草木长，脱身得西走。

麻鞋见天子，衣袖露两肘。

朝廷愍生还，亲故伤老丑。

【译文】

去年（756年）安禄山叛军攻破潼关，我不幸被俘，与妻子儿女隔绝很久。

今夏草木繁茂的时候，才得以脱身向西逃走。

脚穿麻鞋去拜见天子，破旧的衣袖露出两肘。

朝廷怜悯我得以生还，亲朋故友感伤我已老丑。

愍：mǐn，同"悯"。

小知识

《述怀》是唐代诗人杜甫逃脱安禄山叛军拜官后，惊魂稍定，因思及妻儿生死而作的一首诗。全诗分三段，第一段详叙来历；第二段说自己不能分身，只有寄书，寄书又得不到回信，所以有很多想象揣测之词；第三段由此时的寄书，更想到上一年的寄书，恐妻儿尽亡，自己将成一个孤独的人。本文摘选的是诗歌开篇的一部分。

1. 请填入诗词的下句。

采菊东篱下，_____。（魏晋·陶渊明《饮酒》）

2. 请填入诗词的下句。

东边日出西边雨，_____。（唐·刘禹锡《竹枝词》）

3. 请调整文字顺序，完整诗词。

画鸡

唐寅（明）

头身一冠语上敢，

满门雪白不将开。

平生不走轻言裁，

红叫万来千户用。

答案

1. 悠然见南山

2. 道是无晴却有晴

3. 头上红冠不用裁，满身雪白走将来。

　平生不敢轻言语，一叫千门万户开。

秋

1. 绝句四首·其三

杜甫（唐）

两个黄鹂鸣翠柳，

一行白鹭上青天。

窗含西岭千**秋**雪，

门泊东吴万里船。

【译文】

两只黄鹂在翠绿的柳枝上鸣叫，一行白鹭直冲上蓝天。

从窗口可以看见外面西岭千年不化的积雪，门前停泊着从东吴远道而来的船只。

2. 夜书所见

叶绍翁（宋）

萧萧梧叶送寒声，

江上**秋**风动客情。

知有儿童挑促织，

夜深篱落一灯明。

【译文】

瑟瑟的秋风吹动梧桐树叶，送来阵阵寒意，江面上吹来的秋风，使出门在外的人不禁思念起自己的家乡。

家中几个小孩可能还在兴致勃勃地斗蟋蟀呢！夜深人静了还亮着灯不肯睡眠。

3. 望洞庭

刘禹锡（唐）

湖光秋月两相和，

潭面无风镜未磨。

遥望洞庭山水色，

白银盘里一青螺。

【译文】

风静浪息，月光和水色交融在一起。湖面就像不用磨试的铜镜，平滑光亮。

遥望洞庭，山青水绿。林木葱茏的洞庭山耸立在泛着白光的洞庭湖里，就像白银盘里的一只青螺。

4. 乞巧

林杰（唐）

七夕今宵看碧霄，

牵牛织女渡河桥。

家家乞巧望秋月，

穿尽红丝几万条。

【译文】

一年一度的七夕节又来到了，牛郎织女再度横渡喜鹊桥来相会。

家家户户的人们纷纷情不自禁地抬头仰望浩瀚的天空，挨家挨户的巧手女子都穿起红丝，至少有几万条。

5. 秋夕

杜牧（唐）

银烛**秋**光冷画屏，

轻罗小扇扑流萤。

天阶夜色凉如水，

卧看牵牛织女星。

【译文】

秋夜，精美的银色蜡烛发出微弱的光，给画屏上添了几分清冷之色；手执绫罗小扇，轻轻地扑打飞舞的萤火虫。

天阶上的夜色，清凉如水；坐榻仰望星空，只见牵牛星正远远眺望着织女星。

6. 马诗二十三首·其五

李贺（唐）

大漠沙如雪，

燕山月似钩。

何当金络脑，

快走踏清**秋**。

【译文】

平沙万里，在月光下像铺上一层白皑皑的霜雪。连绵的燕山山岭上，一弯明月当空，如弯钩一般。

何时才能受到皇帝赏识，给我这匹骏马佩戴上黄金打造的辔头，让我在秋天的战场上驰骋，立下功劳呢？

7. 秋思

张籍（唐）

洛阳城里见**秋**风，
欲作家书意万重。
复恐匆匆说不尽，
行人临发又开封。

【译文】

洛阳城中又刮起了秋风，那凉丝丝的秋风似乎在催我写一封家书，将万重心意向亲人诉说。

心事永远说不尽，无奈太匆忙，捎信人即将出发，我又拆开了合上的信封，检查有没有说全自己的心事。

8. 夜雨寄北

李商隐（唐）

君问归期未有期，
巴山夜雨涨**秋**池。
何当共剪西窗烛，
却话巴山夜雨时。

【译文】

　　你经常问我什么时候回家，我没有固定的时间回来。巴蜀秋夜里下着大雨，池塘里涨满了水。

　　何时你我能重新相聚，在西窗下同你一起剪烛夜谈，再来叙说今日巴山夜雨的情景呢？

秋

小知识

　　李商隐，字义山，唐代著名诗人，祖籍河内（今河南省焦作市）沁阳。他擅长诗歌写作，骈文文学价值也很高，是晚唐出色的诗人之一。他和杜牧合称"小李杜"，与温庭筠合称为"温李"。因诗文与同时期的段成式、温庭筠风格相近，且三人都在家族里排行第十六，故并称为"三十六体"。作品收录为《李义山诗集》。

9. 不第后赋菊

黄巢（唐）

待到**秋**来九月八，

我花开后百花杀。

冲天香阵透长安，

满城尽带黄金甲。

【译文】

　　等到秋天九月重阳节来临的时候，菊花盛开以后别的花就凋零了。

　　盛开的菊花璀璨夺目，阵阵香气弥漫长安，满城均沐浴在芳香的菊意中，遍地都是金黄如铠甲般的菊花。

10. 江上

王安石（宋）

江北秋阴一半开，
晚云含雨却低回。
青山缭绕疑无路，
忽见千帆隐映来。

【译文】

　　大江北面，秋天浓重的云幕一半已被秋风撕开；雨后的乌云，沉重地、缓慢地在斜阳中移动徘徊。

　　远处，重重叠叠的青山似乎阻住了江水的去路，船转了个弯，眼前又见到无尽的江水，江上成片的白帆正渐渐逼近过来。

小知识

　　王安石，北宋著名的政治家、思想家、文学家。擅长于说理与修辞，诗风含蓄深沉、深婉不迫，以丰神远韵的风格在北宋诗坛自成一家，世称"王荆公体"。宋神宗时期，王安石发动了旨在改变北宋积贫积弱局面的一场社会改革运动（王安石变法）。王安石变法以发展生产，富国强兵，挽救宋朝政治危机为目的，以"理财""整军"为中心，涉及政治、经济、军事、社会、文化各个方面，是中国古代史上继商鞅变法之后又一次规模巨大的社会变革运动。

飞雁体诗

飞雁体诗从形式上看是一种宝塔诗，呈对顶塔形，但与宝塔诗在读法上不同。它有两种摆法，因此有两种读法。旧时一般读法是从左上一字开始往右下斜读，然后依此类推，左右开弓斜着读，两两交叉，呈人字行，犹如雁阵，所以叫飞雁体。现在有的人按现在的习惯改排为从右上一字开始往左下斜读。

清代康熙年间流传一首飞雁文，是咏山诗，你能将它读出来吗？

山山

山远花山

山路草云接山

山又猿飞绿鸟树山

深客片抱偷澄僧林

片绕僧树请澄

饭山山吟

客寻

答案

山远路又深，山花接树林。

山云飞片片，山草绿澄澄。

山鸟偷僧饭，山猿抱树吟。

山僧请山客，山客绕山寻。

1. 早梅

张谓（唐）

一树寒梅白玉条，

迥临村路傍溪桥。

不知近水花先发，

疑是经冬雪未销。

【译文】

一树寒梅凌寒早开，如白玉装点的枝条。它远离村路靠近溪上小桥。

人们不知道是因为靠近溪水梅花才提早开放，还以为经冬的残雪还未消融。

白玉条：寒梅的枝条如白玉装点而成。

迥：远。

傍：靠近。

发：开放。

销：此指冰雪融化。

2. 渡汉江

宋之问（唐）

岭外音书绝，

经冬复立春。

近乡情更怯，

不敢问来人。

【译文】

身在岭南已与亲人断绝音信，经过冬天又迎来新春。

越临近家乡心里越为胆怯，不敢向从家乡过来的人打听家中的消息。

3. 邯郸冬至夜思家

白居易（唐）

邯郸驿里逢冬至，

抱膝灯前影伴身。

想得家中夜深坐，

还应说着远行人。

【译文】

我居住在邯郸客栈的时候正好是冬至佳节。晚上，我抱着双膝坐在灯前，只有影子与我相伴。

我相信，家中的亲人今天会相聚到深夜，还应该谈论着我这个远行人。

冬至：二十四节气之一。古代冬至有全家团聚的习俗。

远行人：离家在外的人，这里指作者自己。

小知识

古时，冬至这一天，朝廷要放假，民间也很热闹，穿新衣，互赠饮食，互致祝贺，一派过节的景象。白居易当时正宦游在外，夜宿于邯郸驿舍中，有感而作此诗。这首诗没有精工华美的辞藻，没有奇特新颖的想象，平实质朴，构思精巧别致，字里行间流露着思念家乡和亲人的愁情。

冬

4. 感遇十二首·其七

张九龄（唐）

江南有丹橘，经冬犹绿林。

岂伊地气暖，自有岁寒心。

可以荐嘉客，奈何阻重深。

运命唯所遇，循环不可寻。

徒言树桃李，此木岂无阴。

【译文】

江南有一种果树名叫丹橘，经过寒冬仍是一片绿色。

不是因为江南地气温暖，其实是因为自有耐寒的品性。

可以用丹橘敬献贵客，无奈山高水深相隔遥远。

命运只取决于际遇，循环往复难以追寻。

人们徒然说栽种桃李，此丹橘难道没有清凉的树荫吗？

感遇：有感于所见所闻，感于心而寓于言。

丹橘：适于在江南生长。《尔雅》："江南为橘，江北为枳。"

5. 早冬

白居易（唐）

十月江南天气好，可怜冬景似春华。

霜轻未杀萋萋草，日暖初干漠漠沙。

老柘叶黄如嫩树，寒樱枝白是狂花。

此时却羡闲人醉，五马无由入酒家。

【译文】

江南十月的天气很好，冬天的景色像春天一样美好。

寒霜没有冻死小草，暖日晒干了大地。

老树虽然叶子黄了，但仍像小树一样。寒樱开出枝枝白花。

这个时候我只羡慕喝酒人的那份清闲，便不知不觉走入了酒家。

6. 四气诗

王微（南北朝）

薜若首春华，

梧楸当夏翳。

鸣笙起秋风，

置酒飞冬雪。

【译文】

薜芜和杜若率先在春季开花，梧桐和楸树正当夏日绿叶成荫。

吹响笙管时值秋风乍起，安置暖酒已是冬雪漫天。

四气：这里指四季。

薜：薜芜，一种香草。

若：杜若，一种香草。

梧楸：梧桐和楸树。

翳：遮蔽，这里指枝叶茂盛。

7. 十月二十八日风雨大作

风怒欲拔木，雨暴欲掀屋。

风声翻海涛，雨点堕车轴。

拄门那敢开，吹火不得烛。

岂惟涨沟溪，势已卷平陆。

辛勤蓺宿麦，所望明年熟；

一饱正自艰，五穷故相逐。

南邻更可念，布被**冬**未赎；

明朝甑复空，母子相持哭。

【译文】

狂风大作就像要拔起树木一样，暴雨倾盆感觉像要掀开屋子。

风声大得如翻江倒海，雨点噼里啪啦地打在车轴上。

扶着门不敢离开，风已把蜡烛吹灭。

大雨让溪水水位暴涨，大风席卷平地。

辛苦种下麦子，本希望来年成熟。

本来吃顿饱饭都很困难，厄运却又来了。

南面的邻居更让人挂念，冬天快到了，厚衣被还没钱赎回来。

明天锅里又是空的，母子也只能相持而泣。

蓺：种植。

五穷：也叫"五鬼"。指"智穷、学穷、文穷、命穷、交穷"等。比喻厄运。

古诗词

甑：古代的蒸食用具。

小知识

　　陆游，我国历史上著名的爱国诗人。他幼年时正值金人南侵，早早就树立了抗战复国的思想。直到晚年，他的报国信念也没有衰退。他的诗内容丰富，能吸收前代作家的许多优点而又有新的创造，雄浑清新，自成一家，对后世诗歌有深远的影响。

8. 远望

元稹（唐）

满眼伤心冬景和，
一山红树寺边多。
仲宣无限思乡泪，
漳水东流碧云波。

【译文】

　　冬天来临，景物一片平和的景象，而我却满是伤心。山上的红树枯萎，落叶纷飞，不远处，寺庙特别多。

　　仲宣楼上，我无限思念家乡，泪水直流。白云在蓝天浮动，楼下的漳江水付诸东流。

冬

1. 请从以下九个字中识别一句五字诗词。

空	但	净
见	鸟	不
秋	山	人

2. 请调整文字顺序，完整诗词。

所见

袁枚（清）

牧童 年 黄 然，

歌 欲 振 林 立。

捕 忽 声 樾 蝉，

意 骑 闭 口 鸣。

答案

1. 空山不见人（出自唐·王维《鹿柴》）

2. 牧童骑黄牛，歌声振林樾。

意欲捕鸣蝉，忽然闭口立。

1. 敕勒歌

北朝民歌

敕勒川，阴山下。

天似穹庐，笼盖四野。

天苍苍，野茫茫，

风吹草低见牛羊。

【译文】

辽阔的敕勒平原就在阴山下。敕勒川的天空啊，它的四面与大地相连。

蓝天下的草原，翻滚着绿色的波澜，风儿吹过，牧草低伏，有一群群的牛羊时隐时现。

风

2. 晓出净慈寺送林子方

杨万里（宋）

毕竟西湖六月中，

风光不与四时同。

接天莲叶无穷碧，

映日荷花别样红。

【译文】

到底是西湖六月天的景色，风景与其他时节确实不同。

荷叶接天望不尽一片碧绿，阳光下荷花分外艳丽鲜红。

3. 过零丁洋

文天祥（宋）

辛苦遭逢起一经，干戈寥落四周星。

山河破碎**风**飘絮，身世浮沉雨打萍。

惶恐滩头说惶恐，零丁洋里叹零丁。

人生自古谁无死？留取丹心照汗青。

【译文】

我早年由科举考试出来做官也是历尽辛苦，在荒凉冷落的战争环境中，已经过了四年。

山河破碎得像被风吹散的飞絮一样，自己一生动荡不定，像被雨打的水上浮萍。

兵败路过惶恐滩时将士们惶恐不已，被俘过零丁洋叹我孤苦伶仃。

人生自古以来有谁能够长生不死？我要留下忠诚英勇的事迹，永远在史册上光辉照耀。

零丁洋：1278年底，文天祥率军在广东五坡岭与元军激战，兵败被俘，因禁船上曾经过零丁洋。

四周星：四周年。文天祥从1275年起兵抗元，到1278年被俘，一共四年。

惶恐滩：赣江中的险滩。1277年，文天祥在江西被元军打败，所率军队死伤惨重，妻子儿女也被元军俘虏。

零丁：孤苦无依的样子。

丹心：红心，比喻忠心。

汗青：史册。古代用简写字，先用火烤干其中的水分，干后易写而且不受虫蛀，也称汗青。

文天祥，南宋伟大的民族英雄。1278年底，文天祥战败在五坡岭被俘，元军强迫他随船去追击在厓山的帝昺（南宋最后一个皇帝）。《过零丁洋》这首诗是第二年正月里经过零丁洋时写的。元将张弘范一再逼迫文天祥写信招降正在海上坚决抵抗的张世杰，文天祥就写了这首诗给他看。张弘范只能作罢了。诗里表现了作者崇高的民族气节，特别是最后两句表现出了文天祥视死如归的英雄气概。

4. 西江月·夜行黄沙道中

辛弃疾（宋）

明月别枝惊鹊，清风半夜鸣蝉。

稻花香里说丰年。听取蛙声一片。

七八个星天外，两三点雨山前。

旧时茅店社林边。路转溪头忽见。

【译文】

天边的明月升上了树梢，惊飞了枝头的喜鹊。清凉的晚风仿佛吹来了远处的蝉叫声。

在稻谷的香气里，人们谈论着丰收的年景，耳边传来一阵阵青蛙的叫声。

天空中轻云漂浮，闪烁的星星时隐时现，山前下起了淅淅沥沥的小雨。

从前那熟悉的茅屋小店依然坐落在土地庙附近的树林中，山路一转，曾经那记忆深刻的溪流小桥呈现在眼前。

5. 渔歌子

张志和（唐）

西塞山前白鹭飞，
桃花流水鳜鱼肥。
青箬笠，绿蓑衣，
斜风细雨不须归。

【译文】

西塞山前白鹭在自由地翱翔，江水中，肥美的鳜鱼欢快地游着，漂浮在水中的桃花是那样鲜艳而饱满。

江岸一位老翁戴着青色的箬笠，披着绿色的蓑衣，冒着斜风细雨，悠然自得地垂钓，他被美丽的春景迷住了，连下了雨都不回家。

6. 舟过安仁

杨万里（宋）

一叶渔船两小童，
收篙停棹坐船中。
怪生无雨都张伞，
不是遮头是使风。

【译文】

渔船上，有两个小孩子，他们收了撑竿，停下船桨，坐在船中。

怪不得没下雨他们就张开了伞，原来不是为了遮雨，而是想利用伞当帆让船前进啊！

7. 浪淘沙·九曲黄河万里沙

刘禹锡（唐）

九曲黄河万里沙，

浪淘风簸自天涯。

如今直上银河去，

同到牵牛织女家。

风

【译文】

九曲黄河从遥远的地方蜿蜒奔腾而来，一路裹挟着万里的黄沙。

既然你从天边而来，如今好像要直飞上高空的银河，请你带上我扶摇直上，汇集到银河中去，一同到牛郎和织女的家里做客吧。

8. 无题·昨夜星辰昨夜风

李商隐（唐）

昨夜星辰昨夜风，

画楼西畔桂堂东。

身无彩凤双飞翼，

心有灵犀一点通。

【译文】

昨夜星光灿烂，夜半却有习习凉风；我们酒筵设在画楼西、桂堂东。

身上无彩凤的双翼，不能比翼齐飞；内心却像灵犀一样，息息相通。

9. 嫦娥

李商隐（唐）

云母屏风烛影深，

长河渐落晓星沉。

嫦娥应悔偷灵药，

碧海青天夜夜心。

【译文】

云母屏风染上一层浓浓的烛影，银河逐渐斜落启明星也已下沉。

嫦娥想必悔恨当初偷吃下灵药，如今独处碧海青天而夜夜寒心。

1. 请从以下九个字中识别一句五字诗词。

草	无	夜
限	夕	好
阳	山	花

2. 请调整文字顺序，完整诗词。

九月九日忆山东兄弟

王维（唐）

独在一少人知客，

遍异佳节处思亲。

逢史遥茱每高倍，

登插异萸弟为乡。

答案

1. 夕阳无限好（出自唐·李商隐《乐游原》）

2. 独在异乡为异客，每逢佳节倍思亲。

遥知兄弟登高处，遍插茱萸少一人。

风

1. 静夜思

李白（唐）

床前明月光，
疑是地上霜。
举头望明月，
低头思故乡。

【译文】

明月照在床前地上，仿佛结上一层白霜。

抬头仰望天上的明月，低头想起远方的故乡。

2. 山行

杜牧（唐）

远上寒山石径斜，
白云生处有人家。
停车坐爱枫林晚，
霜叶红于二月花。

【译文】

深秋时节，我沿蜿蜒的山路向上而行。云雾缭绕的地方隐隐约约可以看见几户人家。

我不由自主地停车下来，是因为这傍晚枫林的美景着实吸引了我，那被霜打过的枫叶比二月的花儿还要红。

霜

斜：曲折、起伏。

坐：因为、由于。

3. 赠刘景文

苏轼（宋）

荷尽已无擎雨盖，

菊残犹有傲霜枝。

一年好景君须记，

最是橙黄橘绿时。

【译文】

荷花凋谢，连那能擎雨的荷叶也枯萎了；菊花也已枯萎，但那傲霜挺拔的花枝在寒风中依然显得生机勃勃。

你一定要记住，其实这时才有一年中最美的景致，那就是在橙子金黄、橘子青绿的秋末冬初的时节。

小知识

"唐宋八大家"，是唐代柳宗元、韩愈和宋代欧阳修、苏洵、苏轼、苏辙、王安石、曾巩八位文学家的合称。"唐宋八大家"中苏家父子兄弟有三人，人称"三苏"，分别为苏洵、苏轼、苏辙，又有"一门三学士"之誉。故可用"唐有韩柳，宋为欧阳、三苏和曾王"概括。

其中，韩愈、柳宗元是唐代古文运动的领袖，欧阳修、"三苏"等四人是宋代古文运动的核心人物，王安石、曾巩是临川文学的代表人物。

霜

4. 霜月

李商隐（唐）

初闻征雁已无蝉，

百尺楼高水接天。

青女素娥俱耐冷，

月中霜里斗婵娟。

【译文】

刚听见征雁啼叫已听不见蝉鸣，登上百尺高楼只见水天交融。

青女与嫦娥都耐得住寒冷，月中与霜里尽显美好的姿容。

征雁：此指南飞的大雁。

青女：司霜雪的女神。

素娥：即嫦娥。

婵娟：美好的姿容。

霜

5. 枫桥夜泊

张继（唐）

月落乌啼霜满天，

江枫渔火对愁眠。

姑苏城外寒山寺，

夜半钟声到客船。

【译文】

月亮已经西倾，乌鸦啼叫，寒气满天，游子对着渔火和江边的树而愁眠。

姑苏城郊外的寒山寺，半夜里敲钟的声音传到了客船。

6. 余干旅舍

刘长卿（唐）

摇落暮天迥，青枫霜叶稀。

孤城向水闭，独鸟背人飞。

渡口月初上，邻家渔未归。

乡心正欲绝，何处捣寒衣？

【译文】

草木飘落，暮色中，天远无边际，青枫树的叶子经霜后已经很稀。

临水的孤城已关闭城门，像一只独鸟离人而去。

渡口上一轮明月刚刚升起，邻家的捕鱼人还在江上捕鱼未归。

思乡之情正使人愁绝而无法排遣，从何处又传来捣寒衣的声音？

小知识

《余干旅舍》是一首五言律诗。描写了诗人寄寓在余干旅舍时，看到一片凄凉萧瑟的景色，触动了深深的乡情愁思。全诗按时间顺序，从日暮时分到夜色渐浓，到明月初上，最后到夜色阑珊，层层透露出诗人越来越强烈的乡情旅思，感情真挚，意蕴深沉。

7. 商山早行

温庭筠（唐）

晨起动征铎，客行悲故乡。

鸡声茅店月，人迹板桥霜。

槲叶落山路，枳花明驿墙。

因思杜陵梦，凫雁满回塘。

【译文】

早晨起来车马铃铎在响，游子远行悲思故乡。

残月下茅舍小店里鸡在啼叫，行人的足迹印上板桥的寒霜。

枯败的槲叶飘落山路，明丽的枳子花开满驿墙。

由此想起梦中杜陵的景象，野鸭与大雁落满弯曲的河塘。

8. 秋下荆门

李白（唐）

霜落荆门江树空，

布帆无恙挂秋风。

此行不为鲈鱼鲙，

自爱名山入剡中。

【译文】

荆门已经霜降树木飘零，秋风中一路平安扬帆前行。

此行不是为了鲈鱼鲙，只因为喜爱名山来到剡中。

霜

布帆无恙：指船行平安。

鲈鱼鲙：晋张翰，在洛阳做官，见秋风起，想起故乡吴地的莼菜、鲈鱼，便弃官归里。

小知识

《秋下荆门》写于李白第一次出蜀远游时。诗中借景抒情，抒发了作者秋日出游的愉悦心情，也表达了作者意欲饱览祖国山河而不惜远走他乡的豪情与心志。

9. 瓜洲闻晓角

张祜（唐）

寒耿稀星照碧霄，

月楼吹角夜江遥。

五更人起烟霜静，

一曲残声送落潮。

【译文】

疏星照着碧空夜色正寒，月楼中的角声江上遥传。

五更天人已起身霜烟静，天亮时江潮已落角声残。

小知识

张祜一生创作的诗作甚多，他的好友杜牧曾于《登九峰楼寄张祜》诗中说："谁人得似张公子，千首诗轻万户侯。"张祜的诗歌众体兼备，尤以五言律诗成就最高。张祜有其独到的造诣，在中晚唐诗坛上独树一帜。

霜

1. 请填入诗词的下句。

明日复明日，＿＿＿＿＿＿。

我生待明日，＿＿＿＿＿＿。（明·钱鹤滩《明日歌》）

2. 请从以下 12 个字中识别一句七字诗词。

不	日	满	来
春	岁	关	园
应	色	久	住

3. 请从以下 12 个字中识别一句七字诗词。

新	总	风	符
入	春	换	把
旧	桃	竹	门

答案

1.明日何其多；万事成蹉跎

2.春色满园关不住（出自宋·叶绍翁《游园不值》）

3.总把新桃换旧符（出自宋·王安石《元日》）

霜

古诗词

1. 饮湖上初晴后雨二首·其二

苏轼（宋）

水光潋滟晴方好，

山色空蒙雨亦奇。

欲把西湖比西子，

淡妆浓抹总相宜。

【译文】

西湖水在阳光的照耀下闪动着光，波光粼粼，看起来美丽极了。山色在云雾的笼罩下，半明半暗，隐隐约约，雨中的西湖也显得非常美妙。

想把西湖比作美女西施，淡妆也好，浓妆也罢，不管怎样装扮都那么美丽。

2. 乡村四月

翁卷（宋）

绿遍山原白满川，

子规声里雨如烟。

乡村四月闲人少，

才了蚕桑又插田。

【译文】

山陵、原野间草木茂盛，远远望去，葱葱郁郁；稻田里的色彩与天光交相辉映，满目亮白。杜鹃声声啼叫中，天空中烟雨蒙蒙。

雨

四月到了，农民都开始忙了起来，村里没有一个人闲着。他们刚刚结束了种桑养蚕的事情又要开始插秧了。

3. 送梓州李使君（节选）

王维（唐）

万壑树参天，

千山响杜鹃。

山中一夜雨，

树杪百重泉。

【译文】

万壑中的大树参天高，千山上的杜鹃在鸣叫。

山中下了一整夜的雨，百重泉水流过树梢。

树杪：树梢。

4. 早春呈水部张十八员外·其一

韩愈（唐）

天街小雨润如酥，

草色遥看近却无。

最是一年春好处，

绝胜烟柳满皇都。

雨

【译文】

京城的街道上空丝雨纷纷，雨丝就像乳汁般细密而滋润，小草钻出地面，远望草色依稀连成一片，近看时却显得稀疏零星。

一年之中最美的就是这早春的景色，它远胜过了绿杨满城的暮春。

5. 约客

赵师秀（宋）

黄梅时节家家雨，

青草池塘处处蛙。

有约不来过夜半，

闲敲棋子落灯花。

【译文】

梅子黄时，处处都在下雨，长满青草的池塘边上，传来阵阵蛙声。

时已过午夜，已约请好的客人还没有来，诗人无聊地轻敲棋子，震落了灯花。

6. 竹枝词二首·其一

刘禹锡（唐）

杨柳青青江水平，

闻郎江上踏歌声。

东边日出西边雨，

道是无晴却有晴。

【译文】

正是一场太阳雨后，两岸杨柳摇曳，青翠欲滴，江面水位初涨，平静如镜。少女心情抑郁地漫步在岸边，忽然，一阵悠扬的歌声从江上随风飘来，仔细一听，原来是久无音讯的情郎思恋自己的情歌。

东边阳光灿烂西边雨绵绵，原以为是无情实则还有情。

7. 芙蓉楼送辛渐

王昌龄（唐）

寒雨连江夜入吴，

平明送客楚山孤。

洛阳亲友如相问，

一片冰心在玉壶。

【译文】

透着寒意的雨洒落在大地上，迷蒙的烟雨笼罩着天地。清晨，当我送别友人之时，感到自己就像楚山一样孤独寂寞。

洛阳的亲朋好友如果向你问起我，就请转告他们：我的心，依然像一颗珍藏在玉壶中的冰一样晶莹纯洁。

辛渐：作者的友人。

平明：清晨。

孤：孤单一人。

冰心：比喻心地纯洁。

玉壶：冰心在玉壶，比喻人冰清玉洁。

8. 滁州西涧

韦应物（唐）

独怜幽草涧边生，
上有黄鹂深树鸣。
春潮带雨晚来急，
野渡无人舟自横。

【译文】

我喜爱生长在涧边的幽草，黄莺在幽深的树丛中啼鸣。

春潮夹带着暮雨流的湍急，唯有无人的小船横向江心。

深树：枝叶茂密的树。

春潮：春天的潮汐。

野渡：郊野的渡口。

横：指随意漂浮。

雨

9. 清明

杜牧（唐）

清明时节雨纷纷，
路上行人欲断魂。
借问酒家何处有，

牧童遥指杏花村。

【译文】

清明时节雨下个不停，路上行人愁得心魂欲断。

请问何处有卖酒的人家，牧童遥指着开满杏花的乡村酒家。

断魂：精神极为痛苦。

遥指：指向远处。

10. 江上

葛天民（宋）

连天芳草雨漫漫，
赢得鸥边野水宽。
花欲尽时风扑起，
柳绵无力护春寒。

【译文】

漫漫春雨，芊芊芳草，从眼前一直延伸到天边，迷蒙一片。春雨绵绵，陇亩之间纵横的水流，汇聚成白茫茫的一片。

春风吹拂，花瓣飘落，柳絮轻飞。柳想要留住春寒却因太过柔弱而护不住。

雨

桃花源诗碑

"桃花源诗碑"记载了我国古代广为流传的一首趣味古诗。从"牛"字开始，自内而外按顺时针旋读，下句首字为上句尾字拆读，连环至"棋"字，可成一首七言律诗。你能将它读出来吗？

（原文为繁体字，其中"响"的繁体字写法为"響"。）

机时得到桃园洞

忘钟鼓响停始彼

尽闻会佳期觉仙

作惟女牛下星人

而静织郎弹斗下

机诗赋又琴移象

观道归冠黄少棋

雨

答案

牛郎织女会佳期，月下弹琴又赋诗。

寺静惟闻钟鼓响，音停始觉星斗移。

多少黄冠归道观，见机而作尽忘机。

几时得到桃源洞，同彼仙人下象棋。

1. 梅花

王安石（宋）

墙角数枝梅，

凌寒独自开。

遥知不是雪，

为有暗香来。

【译文】

那墙角的几枝梅花，冒着严寒独自盛开。

为什么远望就知道洁白的梅花不是雪呢？因为梅花那隐隐传来阵阵的香气。

2. 江雪

柳宗元（唐）

千山鸟飞绝，

万径人踪灭。

孤舟蓑笠翁，

独钓寒江雪。

【译文】

四周的山上没有了飞鸟的踪影，小路上连一丝人的踪迹也没有。

只有在江上的一只小船里有个披着蓑衣、戴着斗笠的老翁，在寒冷的江上独自垂钓。

人踪灭：没有人的踪迹。

蓑笠翁：穿蓑衣、戴斗笠的渔翁。

3. 从军行七首·其四

王昌龄（唐）

青海长云暗雪山，

孤城遥望玉门关。

黄沙百战穿金甲，

不破楼兰终不还。

【译文】

青海湖上蒸腾而起的漫漫云雾，遮得连绵雪山一片黯淡，边塞古城，玉门雄关，远隔千里，遥遥相望。

黄沙万里，频繁的战斗磨穿了守边将士身上的铠甲，而他们壮志不灭，不打败进犯之敌，誓不返回家乡。

小知识

这首诗的最后一个"还"字，指的是还乡，就是汉朝霍去病说的"匈奴未灭，无以家为"的意思。从地理上看，青海和玉门关不可能同时见到，作者通过对历史的回忆，将两地边疆将士的艰苦生活的坚强意志联系起来。

雪

4. 送李端

卢纶（唐）

故关衰草遍，离别正堪悲。

路出寒云外，人归暮雪时。

少孤为客早，多难识君迟。

掩泪空相向，风尘何所期？

【译文】

遍地都是衰草的故园，与老朋友分别令人悲酸。

你走向通往寒云外的道路，我日暮归来时已飞雪满天。

从小孤身一人为客太早，与你相识恨晚人生旅途多艰难。

掩泪望着你远去的方向，风尘中再相见不知是何年？

故关：故乡。

少孤：少年丧父、丧母。

风尘：指社会动乱。

何所期：不知什么时候能再相会。

5. 早春

畅诸（唐）

献岁春犹浅，园林未尽开。

雪和新雨落，风带旧寒来。

听鸟闻归雁，看花识早梅。

生涯知几日，更被一年催。

【译文】

岁首正月春光犹浅，园中的花草远未开全。

雪花伴着新雨飘落，春风料峭带着旧寒。

听见鸟鸣知道大雁归来，看花只有早梅初绽。

一年的生计刚刚开始，岁月催人要珍惜时间。

献岁：进入新的一年，岁首正月。

6. 逢雪宿芙蓉山主人

刘长卿（唐）

日暮苍山远，

天寒白屋贫。

柴门闻犬吠，

风雪夜归人。

【译文】

暮色降临，感到山苍茫、路途远。天气寒冷，这户贫困人家住着茅草屋。

柴门外忽传来狗叫声，风雪夜回宿家的家人回来了。

逢：碰到。

宿：投宿、借宿。

日暮：傍晚的时候。

白屋：简陋茅草房。一般指贫苦人家。

7. 望终南残雪

祖咏（唐）

终南阴岭秀，

积雪浮云端。

林表明霁色，

城中增暮寒。

【译文】

终南山的北岭格外清秀，山上的积雪好似与天上的浮云相连。

林梢处显露出雪后晴色，长安城中更多了些岁暮严寒。

阴岭：北面的山岭。

林表：林梢。

霁色：雪后的阳光。

8. 别董大二首·其一

高适（唐）

千里黄云白日曛，

北风吹雁雪纷纷。

莫愁前路无知己，

天下谁人不识君？

【译文】

落日的余晖下黄云千里，北风吹送雁群大雪纷纷。

不要担心前路遇不到知音，普天下哪有不认识你的人？

董大：唐玄宗时著名的琴师。

曛：日没时的余光。

君：指董大。

小知识

高适参加军队的时间很久，熟悉边疆的自然环境和军事生活，写了许多优美的边塞诗，在一定程度上反映了士兵戍边的痛苦，揭露了当时的阶级矛盾和民族矛盾的一些现象。高适在当时与岑参齐名，并称"高岑"，他们诗的风格也相近。

9. 春雪

韩愈（唐）

新年都未有芳华，

二月初惊见草芽。

白雪却嫌春色晚，

故穿庭树作飞花。

【译文】

新年已到还没有鲜花开放，二月时才见到小草冒出新芽。

白雪也嫌春天来得太晚，因此穿过庭树扮作飞花模样。

雪

1. 请从以下九个字中识别一句五字诗词。

见	后	梦
年	来	惊
者	风	不

2. 请调整文字顺序，完整诗词。

牧童

吕岩（唐）

后铺横野草七里，

笛弄三来风晚不。

归四饱卧黄昏饭，

蓑衣脱声月明六。

答案

1. 后不见来者（出自唐·陈子昂《登幽州台歌》）

2. 草铺横野六七里，笛弄晚风三四声。

归来饱饭黄昏后，不脱蓑衣卧月明。

1. 凉州词二首·其一

王翰（唐）

葡萄美**酒**夜光杯，

欲饮琵琶马上催。

醉卧沙场君莫笑，

古来征战几人回？

【译文】

酒筵上甘醇的葡萄美酒盛满在精美的夜光杯之中，歌伎们弹奏起急促欢快的琵琶声助兴催饮，想到即将跨马奔赴沙场杀敌报国，战士们个个豪情满怀。

今日一定要一醉方休，即使醉倒在战场上又何妨？此次出征为国效力，本来就打算马革裹尸，没有准备活着回来。

2. 渭城曲

王维（唐）

渭城朝雨浥轻尘，

客舍青青柳色新。

劝君更尽一杯**酒**，

西出阳关无故人。

【译文】

渭城的朝雨将微尘洗净，客舍旁的柳色一派青青。

酒

劝你再饮下这一杯酒，西出阳关不会有故人相逢。

渭城曲：又名《送元二使安西》。

浥：润湿。

客舍：驿站。

3. 客中作

李白（唐）

兰陵美酒郁金香，
玉碗盛来琥珀光。
但使主人能醉客，
不知何处是他乡。

【译文】

兰陵产的美酒味同郁金香芳香扑鼻，用玉碗盛来泛着琥珀似的光。

主人用这种美酒来招待，让我这个客人喝醉，那我便会开心地忘记自己是身在他乡。

4. 游山西村（节选）

陆游（宋）

莫笑农家腊酒浑，
丰年留客足鸡豚。
山重水复疑无路，

酒

· 057 ·

柳暗花明又一村。

【译文】

不要笑话农家的酒浑，丰收之年有丰足的佳肴款待客人。

当山和水不断出现在我眼前时，我正疑惑无路可行，忽见柳色浓绿，花色明丽，一个村庄出现在眼前。

小知识

这首诗是作者在1167年闲居家乡时写的。节选的是诗的前几句，十分概括地描绘了这个村庄里柳暗花明的风光，热热闹闹的节日景象，农民款待客人的纯朴真挚的感情。

5. 过故人庄

孟浩然（唐）

故人具鸡黍，邀我至田家。

绿树村边合，青山郭外斜。

开轩面场圃，把酒话桑麻。

待到重阳日，还来就菊花。

【译文】

老朋友准备好了鸡和黄米饭，邀请我到他的农舍做客。

翠绿的树木环绕着小村子，村子城墙外面青山连绵不断。

打开窗子面对着谷场和菜园，我们举杯欢饮，谈论着今年庄稼的长势。

等到九月初九重阳节的那一天，我还要再来和你一起喝菊花酒，一起

酒

观赏菊花的美丽。

过故人庄：拜访老朋友的田庄。具鸡黍：准备了鸡与黄米饭。

桑麻：泛指庄稼。

6. 陪侍郎叔游洞庭醉后三首·其三

李白（唐）

刬却君山好，

平铺湘水流。

巴陵无限**酒**，

醉杀洞庭秋。

【译文】

将君山铲平该有多好，湘水可以平静地流。

巴陵有喝不完的美酒，在秋天的洞庭湖上一醉方休。

刬却：铲除。

7. 泊秦淮

杜牧（唐）

烟笼寒水月笼沙，

夜泊秦淮近**酒**家。

商女不知亡国恨，

隔江犹唱后庭花。

【译文】

浩渺寒江之上弥漫着迷蒙的烟雾，皓月的清辉洒在白色沙渚之上。入夜，我将小舟泊在秦淮河畔，临近酒家。

金陵歌女似乎不知何为亡国之恨黍离之悲，竟依然在对岸吟唱着淫靡之曲《玉树后庭花》。

8. 谢亭送别

许浑（唐）

劳歌一曲解行舟，

红叶青山水急流。

日暮酒醒人已远，

满天风雨下西楼。

【译文】

一曲离歌送走了行舟，江水绕过红叶青山急速奔流。

日暮后酒已醒行人已远，在满天风雨中独下西楼。

劳歌：原指古人在送别时所唱的歌，后泛指离歌。

解：指解开船的缆绳。

9. 江南春

杜牧（唐）

千里莺啼绿映红，

酒

水村山郭**酒**旗风。

南朝四百八十寺，

多少楼台烟雨中。

【译文】

放眼望红绿交加千里莺啼，青山环绕水乡风吹着酒旗。

南朝留下的四百八十座寺庙，多少座楼台在笼罩的烟雨中凄迷。

山郭：靠山的城墙。

酒旗风：酒帘在春风中摆动。

10. 蝶恋花·伫倚危楼风细细（节选）

柳永（宋）

对**酒**当歌，

强乐还无味。

衣带渐宽终不悔。

为伊消得人憔悴。

【译文】

举杯高歌，勉强欢笑反而觉得毫无意味。

我日渐消瘦下去却始终不感到懊悔，为了她我情愿憔悴。

小知识

柳永，北宋著名词人，婉约派代表人物。他是第一位对宋词进行全面革新的词人，也是两宋词坛上创用词调最多的词人。

酒

花心诗

"花心诗"是我国古代广为流传的一种趣味古诗。本诗先将"出、觅、要、拿"拆开，再与花字串读。你能将它读出来吗？

（"出"="山山"；"觅"="不见"；"要"="西女"；"拿"="合手"。）

答案

山山出花果，不见觅花开。

西女要花戴，合手拿花来。

酒

1. 台城

韦庄（唐）

江雨霏霏江草齐，

六朝如梦鸟空啼。

无情最是台城柳，

依旧烟笼十里堤。

【译文】

江雨霏霏洒洒江草长得很齐，六朝如一场春梦鸟儿空啼。

台城边上的杨柳最为无情，依旧拖烟带雾笼罩十里长堤。

六朝：三国吴、东晋、南朝宋、齐、梁、陈，皆建都于金陵，史称"六朝"。

霏霏：细雨纷纷。

烟：指柳树绿茵茵，像清淡的烟雾一样。

2. 题鹤林寺僧舍

李涉（唐）

终日昏昏醉梦间，

忽闻春尽强登山。

因过竹院逢僧话，

又得浮生半日闲。

【译文】

整日里都在昏昏的醉梦中间，听说春天已尽勉强登山。

梦

古诗词

因为经过寺院与僧人说话，又得到浮生的半日清闲。

强：勉强。

过：游览。

小知识

诗人李涉在他遭遇流放期间，用他诗中的话说就是"终日昏昏醉梦间"，情绪极其消沉。然而，在"忽闻春尽强登山"与鹤林寺高僧的闲聊之中，无意中解开了苦闷的心结，化解了沉溺于世俗的忧烦，体验了直面现实及人生的轻松感受，才得以使自己麻木已久的心灵增添了些许的愉快。于是，欣然题诗于寺院墙壁之上，以抒发其内心"又得浮生半日闲"的感慨。

3. 舟行夜泊夔州

唐求（唐）

维舟镜面中，迥对白盐峰。

夜静沙堤月，天寒水寺钟。

故园何日到，旧友几时逢。

欲作还家梦，青山一万重。

梦

【译文】

小舟漂在如镜的水面中，远远地与雪白的山峰相对。

静夜中沙堤上升起明月，天气寒冷传来水边寺庙的钟声。

什么时候能回到故乡去，何日才能与老朋友再相逢。

想做一场还家的好梦，无奈远隔青山千万重。

维舟：系船。

镜面：波平如镜。

白盐：喻白雪。

4. 别薛华

王勃（唐）

送送多穷路，遑遑独问津。
悲凉千里道，凄断百年身。
心事同漂泊，生涯共苦辛。
无论去与住，俱是梦中人。

【译文】

送了又送，前方路途充满艰难险阻，凄惶之中又将前路探寻。

千里长途充满了悲凉，百年身世更令人断魂。

说起心事同样在漂泊，都在为生计含辛茹苦。

无论是停留还是远去，总之都是前途未卜。

穷路：穷途末路，比喻世途艰难。

5. 与诸子登岘山

孟浩然（唐）

人事有代谢，往来成古今。

江山留胜迹，我辈复登临。

水落鱼梁浅，天寒**梦**泽深。

羊公碑尚在，读罢泪沾襟。

【译文】

人世间在一代代更替，古往今来便成为历史。

江山留有前人的胜迹，我辈登临又来到这里。

浅浅的沙洲上水已回落，深深的云梦泽正值严寒天气。

纪念羊祜的石碑还在，读罢碑文令人泪水沾衣。

岘山：又名岘首山，在今湖北襄樊市南。晋羊祜镇守荆襄时，常到此山置酒吟咏。有一次他对游者感叹地说："自有宇宙，便有此山，由来贤达之士，登此远望如我与卿者多矣，皆湮灭无闻，使人悲伤！"

复登临：对羊祜曾登岘山而言。

羊公碑：羊祜有政绩，死后，百姓在岘山建庙立碑纪念他。"望其碑者，莫不流涕"。

6. 寄安陆友人

姚合（唐）

别路在春色，故人云**梦**中。

鸟啼三月雨，蝶舞百花风。

烟束远山碧，霞欹落照红。

想君登此兴，回首念飘蓬。

【译文】

在春色中走上分别的道路，老朋友如今在云梦深处。

鸟在三月的雨中鸣唱，蝴蝶在百花风中起舞。

烟雾笼罩着远方的青山，红霞依恋着落日飞度。

遥想你也会有此登临的兴致，回头又思念你与我飘蓬如故。

7. 临洞庭上张丞相

孟浩然（唐）

八月湖水平，涵虚混太清。

气蒸云梦泽，波撼岳阳城。

欲济无舟楫，端居耻圣明。

坐观垂钓者，徒有羡鱼情。

【译文】

八月的洞庭湖水波平浪静，无限空旷连接着天空。

雾气蒸腾笼罩着云梦泽，掀起的波浪撼动岳阳城。

想渡过湖去没有舟楫，独自闲居有负于当今圣明。

坐观别人正在垂钓，空有一片羡鱼之情。

洞庭：即洞庭湖。

张丞相：张九龄，时任丞相。

涵虚：指湖的水汽。

太清：天空。

云梦泽：古大泽，在今湖北南部及湖南北部一带。

梦

济：渡过。

端居：独处，闲居。

小知识

> 孟浩然，唐代著名的山水田园派诗人。孟浩然的诗在艺术上有独特的造诣，后人把孟浩然与盛唐另一山水诗人王维并称为"王孟"。

8. 秋日赴阙题潼关驿楼

许浑（唐）

红叶晚萧萧，长亭酒一瓢。

残云归太华，疏雨过中条。

树色随关迥，河声入海遥。

帝乡明日到，犹自梦渔樵。

【译文】

枫叶萧萧在深秋的晚风前，长亭送别将瓢中酒喝干。

残云飘过西岳华山，疏雨随风洒向中条山。

树色随着关山伸向远方，大河奔向遥远的海边。

明日就要到达京城长安，心中还在向往隐者的悠闲。

阙：指京城宫殿。此指长安。

长亭：古时道路每十里设一长亭，供行旅停息。

迥：远。

渔樵：渔父与樵夫，代指隐退。

1. 请调整文字顺序，完整诗词。

小儿垂钓

胡令能（唐）

借鱼坐映学子纶，

侧头得苔问莓身。

路蓬不人遥草手，

怕稚惊招垂应人。

2. 请从以下12个字中识别一句七字诗词。

寻	姓	上	风
家	土	入	常
思	飞	百	红

答案

1. 蓬头稚子学垂纶，侧坐莓苔草映身。

　路人借问遥招手，怕得鱼惊不应人。

2. 飞入寻常百姓家（出自唐·刘禹锡《乌衣巷》）

梦

1. 宿新市徐公店

杨万里（宋）

篱落疏疏一径深，

树头花落未成阴。

儿童急走追黄蝶，

飞入菜花无处寻。

【译文】

在稀稀疏疏的篱笆旁，有一条小路伸向远方，路旁树上的花已经凋落了，而新叶却刚刚长出，树叶稀疏还不茂密，还没有形成树荫。

儿童们奔跑着，追捕着飞舞的黄色蝴蝶，可是蝴蝶飞到一片金灿灿的菜花丛中，孩子们再也找不到它们了。

小知识

杨万里，南宋杰出的诗人，在当时名气很大，和陆游、范成大、尤袤被称为"南宋四大家"。他善于描写自然景物。用清新灵活的笔调，将日常生活中见到的平凡景物，融化在自己的感情里，诗中充满生活气息。

2. 白雪歌送武判官归京（节选）

岑参（唐）

北风卷地白草折，

胡天八月即飞雪。

忽如一夜春风来，

千树万树梨花开。

【译文】

北风卷地白草都被吹折，塞北地区八月便飞落大雪。

忽如一夜之间春风吹来，直吹得千树万树梨花盛开。

白草：西北边地的一种牧草。

胡天：塞北的天空。

3. 菊花

元稹（唐）

秋丛绕舍似陶家，

遍绕篱边日渐斜。

不是花中偏爱菊，

此花开尽更无花。

【译文】

房舍四周围绕着秋菊就好像诗人陶渊明的家。绕遍篱边观赏菊花，不知不觉已到日西斜。

不是百花中偏爱秋菊，只是因为菊花开过就再无别的花。

陶家：指东晋陶渊明家。

日渐斜：夕阳西下。

更：再。

4. 大林寺桃花

白居易（唐）

人间四月芳菲尽，

山寺桃花始盛开。

长恨春归无觅处，

不知转入此中来。

【译文】

人间四月鲜花都已落尽，山寺中的桃花才刚刚盛开。

长恨不知道春归何处，如今才知道春已转移到这里来。

芳菲：香花芳草。

无觅处：无处寻找。

此中：指大林寺。

5. 春江花月夜（节选）

张若虚（唐）

春江潮水连海平，海上明月共潮生。

滟滟随波千万里，何处春江无月明！

江流宛转绕芳甸，月照花林皆似霰。

空里流霜不觉飞，汀上白沙看不见。

【译文】

春江的潮水与海水齐平，海上的明月与潮水共生。

月光随着江波一泻千里，何处的春江没有月明。

江流曲折绕过芳草甸，月光照着花林如洁白的雪霰。

夜空里的流霜感觉不到飘飞，江边的白沙与月光难以分辨。

滟滟：此指月光。

芳甸：遍生花草的原野。

霰：雪珠、冰粒。

流霜：飞霜。古人以为霜是从空中落下来的，故称流霜。此处比喻月光清冷洁白。

汀：水中空地。

6. 墨梅

王冕（元）

吾家洗砚池头树，

朵朵花开淡墨痕。

不要人夸颜色好，

只留清气满乾坤。

【译文】

我家洗砚池边有一棵梅树，朵朵开放的梅花都显出淡淡的墨痕。

不需要别人夸它的颜色好看，只需要梅花的清香之气弥漫在天地之间。

墨梅：用墨笔勾勒出来的梅花。

吾家：我家。因王羲之与王冕同姓，所以王冕便认为王姓自是一家。

洗砚池：写字、画画后洗笔洗砚的池子。王羲之有"临池学书，池水尽黑"的传说。这里化用这个典故。

池头：池边。

淡墨：水墨画中将墨色分为四种，如，清墨、淡墨、浓墨、焦墨。这里是说那朵朵盛开的梅花，是用淡淡的墨迹点化成的。

清气：梅花的清香之气。

满乾坤：弥漫在天地间。满：弥漫。乾坤：天地间。

7. 赠汪伦

李白（唐）

李白乘舟将欲行，

忽闻岸上踏歌声。

桃花潭水深千尺，

不及汪伦送我情。

【译文】

李白乘船将要远行，忽然听见岸上人们行走的脚步声，有人边走边唱前来送行。

即使桃花潭水有千尺深，也比不上汪伦送我的情谊深厚。

踏歌：一种民间歌调，一边唱歌，一边用脚踏地打着拍子。

8. 寒菊

郑思肖（宋）

花开不并百花丛，

独立疏篱趣未穷。

宁可枝头抱香死，

何曾吹落北风中。

【译文】

你在秋天盛开，从不与百花为丛。独立在稀疏的篱笆旁边，你的情操意趣并未衰穷。

宁可在枝头上怀抱着清香而死，绝不会吹落于凛冽北风之中！

不并：不合、不靠在一起。并，一起。

抱香死：菊花凋谢后不落，仍系枝头而枯萎，所以说抱香死。

北风：寒风，此处语意双关，亦指元朝的残暴势力。

小知识

郑思肖是南宋末年的爱国诗人。南宋灭亡以后，作者隐居在苏州一个和尚庙里，终身不出来做官，就连坐着、躺着都朝着南方，表示不忘宋朝。这首诗就是在南宋灭亡以后写的。

花

1. 请填入诗词的下句。

天生我材必有用，_____。（唐·李白《将进酒》）

2. 请填入诗词的下句。

问君能有几多愁？_____。（南唐·李煜《虞美人·春花秋月何时了》）

3. 请调整文字顺序，完整诗词。

菩萨蛮·书江西造口壁（节选）

辛弃疾　（宋）

不东遮鹧住，

毕闻山流愁。

江晚竟山余，

正深去鹧青。

答案

1. 千金散尽还复来

2. 恰似一江春水向东流

3. 青山遮不住，毕竟东流去。

　江晚正愁余，山深闻鹧鸪。

花

1. 观书有感二首·其一

朱熹（宋）

半亩方塘一鉴开，

天光云影共徘徊。

问渠那得清如许，

为有源头活水来。

【译文】

半亩大的方形池塘像一面镜子一样展现在眼前，天色和云影一起映在池塘里。

要问为什么池塘的水会这样清澈呢？那是因为有活水从源头源源不断地流来。

2. 离思五首·其四

元稹（唐）

曾经沧海难为水，

除却巫山不是云。

取次花丛懒回顾，

半缘修道半缘君。

【译文】

曾经到过沧海，别处的水就不足为顾；若除了巫山，别处的云便不称其为云。

云

从花丛中走过，也懒得顾盼；这缘由，一半是因为修道人的清心寡欲，一半是因为你在我心中。

3. 望岳

杜甫（唐）

岱宗夫如何？齐鲁青未了。

造化钟神秀，阴阳割昏晓。

荡胸生曾云，决眦入归鸟。

会当凌绝顶，一览众山小。

【译文】

泰山呵，你究竟有多么宏伟壮丽？你挺拔苍翠，雄踞于齐鲁大地。

大自然给你凝聚了瑰丽和神奇，你高峻的山峰，把南北分成晨夕。

望层层云气升腾，令人胸怀荡涤，看归鸟回旋入山，使人眼眶欲碎。

有朝一日，我要登上顶峰，俯瞰群山的矮小。

4. 独坐敬亭山

李白（唐）

众鸟高飞尽，

孤云独去闲。

相看两不厌，

只有敬亭山。

【译文】

鸟儿们高飞没有了踪迹，天上飘浮的孤云也不愿意留下，慢慢向远处飘去。

只有我看着高高的敬亭山，敬亭山也默默无语地注视着我，我们谁也不会觉得满足。谁能理解我此时寂寞的心情，只有这高大的敬亭山了。

5. 过香积寺

王维（唐）

不知香积寺，数里入云峰。

古木无人径，深山何处钟。

泉声咽危石，日色冷青松。

薄暮空潭曲，安禅制毒龙。

【译文】

不知道香积寺在哪里，在数里外的云雾山峰。

古树森森没有道路，深山何处响起钟声。

流泉在高高的山石上鸣咽，日色清冷照映着青松。

天将薄暮水潭曲折空寂，安然入于禅境制服心中毒龙。

危石：高耸的岩石。空潭：空寂的水潭。

安禅：身心安然入于清静的境界。

毒龙：佛家比喻俗人的邪念妄想。

6. 黄鹤楼

崔颢（唐）

昔人已乘黄鹤去，此地空余黄鹤楼。

黄鹤一去不复返，白云千载空悠悠。

晴川历历汉阳树，芳草萋萋鹦鹉洲。

日暮乡关何处是？烟波江上使人愁。

【译文】

过去的仙人已经驾着黄鹤飞走了，这里只留下一座空荡荡的黄鹤楼。

黄鹤一去再也没有回来，千百年来只看见悠悠的白云。

阳光照耀下的汉阳树木清晰可见，鹦鹉洲上有一片碧绿的芳草覆盖。

天色已晚，眺望远方，故乡在哪儿呢？眼前只见一片雾霭笼罩江面，给人带来深深的愁绪。

云

7. 下第后上永崇高侍郎

高蟾（唐）

天上碧桃和露种，

日边红杏倚云栽。

芙蓉生在秋江上，

不向东风怨未开。

【译文】

天上的碧桃带着露水种，日边的红杏倚靠彩云栽。

芙蓉生长在野外秋江上，不抱怨东风未使花开。

天上：指朝廷。

碧桃：一名千叶桃，相传仙界有碧桃花。

芙蓉：荷花。

8. 早寒有怀

孟浩然（唐）

木落雁南渡，北风江上寒。

我家襄水曲，遥隔楚云端。

乡泪客中尽，孤帆天际看。

迷津欲有问，平海夕漫漫。

【译文】

树叶飘落空中大雁南飞，江面上阵阵北风正寒。

我家住在襄水的曲折处，远隔着楚地辽阔的云天。

在他乡为客流尽思乡眼泪，遥望天边的一片孤帆。

找不到渡口谁来指点，晚间的江水如大海漫漫无边。

木落：树叶脱落。

迷津：津，渡口。作者感叹自己的失意，有如迷津之意。

平海：形容水面辽阔。

9. 终南山

王维（唐）

太乙近天都，连山到海隅。

白云回望合，青霭入看无。

分野中峰变，阴晴众壑殊。

欲投人处宿，隔水问樵夫。

【译文】

终南山太乙山峰高入云天，山与山相连直到海边。

回头望白云合成一片，身入青霭中便茫然不见。

中峰是区域分野的地标，众壑在随着阴阳变幻。

想找一处投宿的人家，隔着流水向樵夫打探。

太乙：终南山的主峰，也是终南山的别名。

青霭：青色的云雾。

分野：古人将天上的星座与地上的区域相对应，称为分野。

云

十字图诗

清代学者赵文川写过一首名叫《状元卷》的七言四句加五言四句十字图诗。你能将这两首诗读出来吗?

（先按十字形读成一首七言绝句, 再读外圈,运用顶针,可读成一首五言绝句。）

云

答案

才秀成君教学开,开学教君有路来,

来路有君通达我,我达通君成秀才。

才子读书来,来到百花开。

开学如选我,我做状元才。

1. 悯农

李绅（唐）

锄禾日当午，

汗滴禾下土。

谁知盘中餐，

粒粒皆辛苦。

【译文】

农民在正午烈日的暴晒下耕种，汗水从身上滴落在禾苗生长的土地上。谁又知道盘中的饭食，每颗每粒都是农民用辛勤的劳动换来的呢？

日

2. 望庐山瀑布

李白（唐）

日照香炉生紫烟，

遥看瀑布挂前川。

飞流直下三千尺，

疑是银河落九天。

【译文】

香炉峰在阳光的照射下生起紫色烟霞，远远望见瀑布像白色绢绸一样悬挂在山前。

高崖上飞腾直落的瀑布好像有几千尺，让人恍惚以为银河从天上泻落到人间。

3. 望天门山

李白（唐）

天门中断楚江开，

碧水东流至此回。

两岸青山相对出，

孤帆一片日边来。

【译文】

高高的天门山就像被长江之水拦腰劈开，碧绿的江水东流到此回旋澎湃。

两岸的青山相对耸立巍峨险峻，一叶孤舟从天地之间慢慢飘来。

4. 宿建德江

孟浩然（唐）

移舟泊烟渚，

日暮客愁新。

野旷天低树，

江清月近人。

【译文】

把船停泊在暮烟笼罩的小洲，茫茫暮色给游子新添几分乡愁。

旷野无垠远处天空像比树木还低，江水清澈更觉月亮与人意合情投。

烟渚：雾气弥漫的沙洲。

野旷：空旷的原野。

5. 杂诗三首·其二

王维（唐）

君自故乡来，

应知故乡事。

来**日**绮窗前，

寒梅著花未？

【译文】

您是刚从我们家乡来的，一定了解家乡的人情世态。

请问您来的时候我家雕画花纹的窗户前，那一株蜡梅开了没有？

6. 天净沙·秋

白朴（元）

孤村落**日**残霞，

轻烟老树寒鸦，

一点飞鸿影下。

青山绿水，

白草红叶黄花。

【译文】

太阳渐渐西沉，已衔着西山了，天边的晚霞也逐渐开始消散，只残留有几分黯淡的色彩，映照着远处安静的村庄是多么的孤寂，拖出那长长的影子。雾淡淡飘起，几只乌黑的乌鸦栖息在佝偻的老树上，远处的一只大雁飞掠而下，划过天际。山清水秀，霜白的小草、火红的枫叶、金黄的花朵，在风中一齐摇曳着。

7. 登鹳雀楼

王之涣（唐）

白**日**依山尽，
黄河入海流。
欲穷千里目，
更上一层楼。

【译文】

白日依着西山落尽，黄河朝向大海奔流。

要想望见千里之外，还须更上一层高楼。

8. 饮酒·其五（节选）

陶渊明（魏晋）

山气**日**夕佳，
飞鸟相与还。
此中有真意，
欲辨已忘言。

【译文】

暮色中缕缕彩雾萦绕升腾，结队的鸟儿飞回远山的怀抱。

这之中隐含的人生的真理，想要说出却忘记了如何表达。

9. 元日

王安石（宋）

爆竹声中一岁除，
春风送暖入屠苏。
千门万户曈曈日，
总把新桃换旧符。

【译文】

阵阵轰鸣的爆竹声中，旧的一年已经过去；和暖的春风吹来了新年，人们欢乐地畅饮着新酿的屠苏酒。

初升的太阳照耀着千家万户，他们都忙着把旧的桃符取下，换上新的桃符。

10. 送友人

李白（唐）

青山横北郭，白水绕东城。
此地一为别，孤蓬万里征。
浮云游子意，落日故人情。

挥手自兹去，萧萧班马鸣。

【译文】

青青的山岭横在城北，清清的河水环绕城东。

在此地一经分别之后，你像一株蓬草随风远征。

望浮云想到你这个游子，见落日想到故人依恋之情。

挥手而别从此地远去，离群的马在萧萧嘶鸣。

郭：外城。

蓬：蓬草随风飞转，比喻转徙不定。

萧萧：马嘶叫声。

班马：离群的马。

11. 四时田园杂兴·其二

范成大（宋）

梅子金黄杏子肥，

麦花雪白菜花稀。

日长篱落无人过，

唯有蜻蜓蛱蝶飞。

【译文】

一树树梅子变得金黄，杏子也越长越大了；荞麦花一片雪白，油菜花倒显得稀稀落落。

白天长了，篱笆的影子随着太阳的升高变得越来越短，没有人经过，只有蜻蜓和蝴蝶绕着篱笆飞来飞去。

1. 请填入诗词的下句。

春蚕到死丝方尽，＿＿＿＿＿＿＿＿＿＿。（唐·李商隐《无题·相见时难别亦难》）

2. 请填入诗词的下句。

＿＿＿＿＿＿＿＿＿＿，蓦然回首，那人却在，灯火阑珊处。（宋·辛弃疾《青玉案·元夕》）

日

3. 请从以下九个字中识别一句五字诗词。

眠	可	月
近	头	对
举	夜	手

答案

1. 蜡炬成灰泪始干

2. 众里寻他千百度

3. 举手可近月（出自唐·李白《登太白峰》）

1. 暮江吟

白居易（唐）

一道残阳铺水中，
半江瑟瑟半江红。
可怜九月初三夜，
露似真珠月似弓。

【译文】

一道残阳倒影在江面上，阳光照射下，波光粼粼，一半呈现出深深的碧色，一半呈现出红色。

更让人怜爱的是九月凉露下降的初月夜，滴滴清露就像颗颗珠子，一弯新月仿佛是一张精巧的弓。

瑟瑟：碧绿色。

可怜：可爱。

真珠：即珍珠。

小知识

白居易，唐代现实主义诗人，新乐府运动的主要倡导者，写下了不少反映人民疾苦的诗作。他与好友元稹共同提出了"文章合为时而著，歌诗合为事而作"的文学理论。他的诗通俗易懂，艺术成就很高。

2. 黄鹤楼送孟浩然之广陵

李白（唐）

故人西辞黄鹤楼，
烟花三月下扬州。
孤帆远影碧空尽，
唯见长江天际流。

【译文】

老朋友孟浩然向我频频挥手，告别了黄鹤楼，他在这柳絮如烟、繁花似锦的阳春三月将去扬州远游。

友人的孤船帆影渐渐地远去，消失在碧空的尽头，只看见长江浩浩荡荡地向着天边奔流。

3. 出塞二首·其一

王昌龄（唐）

秦时明月汉时关，
万里长征人未还。
但使龙城飞将在，
不教胡马度阴山。

【译文】

秦时的明月，汉时的边关，至今依然如故，而战争却一直不曾间断，已有无数将士血洒疆场，又有多少战士仍然戍守着边关，不能归来。

只要有像镇守龙城的"飞将军"李广那样英勇机智的统帅，就不会让敌人的骑兵跨过阴山，侵犯中原。

4. 竹里馆

王维（唐）

独坐幽篁里，
弹琴复长啸。
深林人不知，
明月来相照。

【译文】

独自坐在幽深的竹林里，一会儿弹琴一会儿又发出长啸。

深林之中无人知晓，只有天上的明月来相照。

5. 春望

杜甫（唐）

国破山河在，城春草木深。
感时花溅泪，恨别鸟惊心。
烽火连三月，家书抵万金。
白头搔更短，浑欲不胜簪。

【译文】

国都已被攻破，只有山河依旧存在，春天的长安城满目凄凉，到处草木丛生。

繁花也伤感国事，难禁涕泪四溅，亲人离散鸟鸣惊心，反增离恨。

几个月战火连续不断，长久不息，家书珍贵，一信难得，足矣抵得上万两黄金。

愁白了头发，越搔越稀少，少得连簪子都插不上了。

草木深：荒芜貌。

浑欲：几乎。

胜：承受。

6. 望月怀远

张九龄（唐）

海上生明月，天涯共此时。

情人怨遥夜，竟夕起相思。

灭烛怜光满，披衣觉露滋。

不堪盈手赠，还寝梦佳期。

【译文】

茫茫的海上升起一轮明月，此时你我都在天涯共相望。

有情之人都怨恨月夜漫长，整夜里不眠而把亲人怀想。

熄灭蜡烛怜爱这满屋月光，我披衣徘徊深感夜露寒凉。

不能把美好的月色捧给你，只望能够与你相见在梦乡。

7. 月下独酌·其一（节选）

李白（唐）

花间一壶酒，

独酌无相亲。

举杯邀明月，

对影成三人。

【译文】

花丛中放有一壶酒，独自酌饮无伴无亲。

举杯邀请天上的明月，对着身影成为三人。

小知识 这组诗共四首，以第一首流传最广。第一首诗写诗人由政治失意而产生的一种孤寂忧愁的情怀。诗中把寂寞的环境渲染得十分热闹，不仅笔墨传神，更重要的是表达了诗人擅自排遣寂寞的旷达不羁的个性和情感。全诗以独白的形式，自立自破，自破自立，一直为后人传诵。

8. 峨眉山月歌

李白（唐）

峨眉山月半轮秋，

影入平羌江水流。

夜发青溪向三峡，

思君不见下渝州。

【译文】

峨眉山上高悬着半轮秋月，月影投入到了平羌的江心。

夜里从青溪出发奔向三峡，直下渝州思君又见不到君。

9. 军行

李白（唐）

骝马新跨白玉鞍，

战罢沙场月色寒。

城头铁鼓声犹震，

匣里金刀血未干。

【译文】

赤骝马新配上白玉鞍，从战场上归来月色犹寒。

城头上战鼓还在震响，匣里的战刀上血迹未干。

骝马：骏马。

白玉鞍：白玉装饰的马鞍。

震：震响，指战鼓声回荡。

匣：指刀鞘。

12. 关山月（节选）

崔融（唐）

月生西海上，

气逐边风壮。

万里度关山，

苍茫非一状。

【译文】

明月生在西边的海上，追逐着边塞的风气势雄壮。

远度万里外的关山，放眼望去一片苍茫。

月

举杯邀明月 对饮成三人

古诗词

月

1. 请填入诗词的下句。

千古兴亡多少事？悠悠。_____。（宋·辛弃疾《南乡子·登京口北固亭有怀》）

2. 请填入诗词的下句。

春城无处不飞花，_____。（唐·韩翃《寒食》）

3. 请调整文字顺序，完整诗词。

画

王维（唐）

声 看 色 有 近，

山 听 远 人 春。

来 去 花 还 在，

水 惊 鸟 不 无。

答案

1. 不尽长江滚滚流

2. 寒食东风御柳斜

3. 远看山有色，近听水无声。

　春去花还在，人来鸟不惊。

1. 四时田园杂兴

范成大（宋）

昼出耘田**夜**绩麻，

村庄儿女各当家。

童孙未解供耕织，

也傍桑阴学种瓜。

【译文】

白天在田里锄草，夜晚在家中搓捻细麻，村中男男女女各有各的劳作，没有片刻闲暇。

小孩子虽然不会耕田织布，也在那桑树荫下学着种瓜。

2. 石壕吏

杜甫（唐）

暮投石壕村，有吏**夜**捉人。

老翁逾墙走，老妇出门看。

吏呼一何怒！妇啼一何苦。

听妇前致词："三男邺城戍。

一男附书至，二男新战死。

存者且偷生，死者长已矣！

室中更无人，唯有乳下孙。

有孙母未去，出入无完裙。

老妪力虽衰，请从吏夜归，

急应河阳役，犹得备晨炊。"

夜久语声绝，如闻泣幽咽。

天明登前途，独与老翁别。

【译文】

夜

傍晚投宿石壕村，有差役夜里来强征兵。

老翁越墙逃走，老妇出门查看。差役吼得是多么凶狠啊！老妇人是啼哭得多么可怜啊！

听到老妇上前说："我的三个儿子去邺城服役。

其中一个儿子捎信回来，说两个儿子刚刚战死了。

活着的人姑且活一天算一天，死去的人就永远不会复生了！

家里再也没有其他的人了，只有个正在吃奶的孙子。

因为有孙子在，他母亲没有离去，进进出出却都没有一件完整的衣服。

老妇虽然年老力衰，但请让我跟从你连夜赶回营去。

可以到河阳去应征，还能够为部队准备早餐。"

夜深了，说话的声音消失了，隐隐约约听到低微断续的哭声。

天亮我临走的时候，只能同那个老翁告别。

小知识

杜甫写了许多反映民间疾苦的诗，这是其中有名的一首。它的历史背景是"安史之乱"。这首诗与《新安吏》《潼关吏》合称"三吏"。

3. 夕次盱眙县

韦应物（唐）

落帆逗淮镇，停舫临孤驿。

浩浩风起波，冥冥日沉夕。

人归山郭暗，雁下芦洲白。

独**夜**忆秦关，听钟未眠客。

【译文】

落下船帆留宿在盱眙县，小舟停靠在驿站旁边。

大风吹起江波浩浩荡荡，夜幕降临太阳已落下西山。

山城昏暗人们都已归去，大雁落在芦洲月色满川。

夜里独自一人又想起长安，听到钟声传来一夜未眠。

次：停留。

逗：留。

4. 渔翁

柳宗元（唐）

渔翁**夜**傍西岩宿，晓汲清湘燃楚竹。

烟消日出不见人，欸乃一声山水绿。

回看天际下中流，岩上无心云相逐。

【译文】

渔翁夜里靠近西山住宿，早晨汲取湘江水燃竹做饭。

烟消日出已见不到人，在渔翁的摇橹声中青山绿水映入眼帘。

回望江水向天边流去，山岩上白云自在舒卷。

汲：汲取。

欸乃：象声词。摇橹声。

5. 次北固山下

王湾（唐）

客路青山外，行舟绿水前。

潮平两岸阔，风正一帆悬。

海日生残夜，江春入旧年。

乡书何处达？归雁洛阳边。

【译文】

旅途在青山外，在碧绿的江水前行舟。

潮水涨满，两岸之间水面宽阔，顺风行船恰好把帆儿高悬。

夜幕还没有褪尽，旭日已在江上冉冉升起，还在旧年时分，江南已有了春天的气息。

寄出去的家信不知何时才能到达，希望北归的大雁捎到洛阳去。

次：旅途中停泊之意。

潮平：潮涨满而未退的一段时间。

残夜：天将明未明时。

归雁：飞往家乡方向的大雁。

6. 江南旅情

祖咏（唐）

楚山不可极，归路但萧条。

海色晴看雨，江声夜听潮。

剑留南斗近，书寄北风遥。

为报空潭橘，无媒寄洛桥。

【译文】

楚山的尽头不可眺望，只觉得归路萧条漫长。

遥看海色风雨初晴，夜听江声潮落潮涨。

身佩宝剑滞留南斗附近，家书寄往遥远的北方。

特为报告空有湘潭橘，没有可托付的人寄到洛阳。

海：长江下游水面很宽，因近海，古人常称之为海。

为报：请人转告。

无媒：找不到可托付的人。

7. 宿桐庐江寄广陵旧游

孟浩然（唐）

山暝听猿愁，沧江急夜流。

风鸣两岸叶，月照一孤舟。

建德非吾土，维扬忆旧游。

还将两行泪，遥寄海西头。

【译文】

黄昏时听山中猿啼使人愁，桐庐江夜里急速奔流。

呼啸的风吹动两岸落叶，明月照着一叶孤舟。

建德本不是我的故土，思念维扬旧日的同游。

还将我这两行热泪，遥寄海西头的扬州。

暝：指黄昏。

维扬：即扬州。

海西头：指扬州。

8. 月夜

刘方平（唐）

更深月色半人家，
北斗阑干南斗斜。
今**夜**偏知春气暖，
虫声新透绿窗纱。

【译文】

夜静更深，月光只照亮了人家房屋的一半，另一半隐藏在黑夜里。北斗星倾斜了，南斗星也倾斜了。

今夜才感知春天的来临，因为你听那被树叶映绿的窗纱外，唧唧的虫鸣，头一遭儿传到了屋子里来了。

1. 请从以下九个字中识别一句五字诗词。

日	燕	入
山	何	是
年	花	归

2. 请从以下 12 个字中识别一句七字诗词。

泊	船	天	里
两	门	吴	千
东	黄	雪	万

3. 请从以下 12 个字中识别一句七字诗词。

返	不	冰	春
一	中	黄	复
令	鹤	去	日

答案

1. 何日是归年（出自唐·杜甫《绝句二首》）

2. 门泊东吴万里船（出自唐·杜甫《绝句》）

3. 黄鹤一去不复返（出自唐·崔颢《黄鹤楼》）

1. 赠别·其二

杜牧（唐）

多情却似总无情，

唯觉樽前笑不成。

蜡烛有心还惜别，

替人垂泪到天**明**。

【译文】

聚在一起时如胶似漆，作别时却很无情。只觉得酒筵上要笑，却笑不出声。

案头蜡烛有心，它还依依惜别。你看它替我们流泪，流到天明。

小知识

　　杜牧，字牧之，号樊川居士，唐代诗人。人称"小杜"，以别于杜甫。与李商隐并称"小李杜"。著有《樊川文集》。

2. 题大庾岭北驿

宋之问（唐）

阳月南飞雁，传闻至此回。

我行殊未已，何日复归来。

江静潮初落，林昏瘴不开。

明朝望乡处，应见陇头梅。

【译文】

十月里大雁正在南飞，听说飞到这里便要飞回。

我正在远行还未终止，不知道何时才能归来。

江水平静江潮初落，林中昏暗瘴气不肯散开。

明日眺望故乡的地方，应该能看见岭头开放的梅花。

阳月：古时以农历十月为阳月。

瘴：旧指南方湿热气候下树林中可以致人生病的一种气体。

陇头：高地。此指南岭高峰。

3. 咏怀·其一（节选）

阮籍（三国）

夜中不能寐，

起坐弹鸣琴。

薄帷鉴**明**月，

清风吹我襟。

【译文】

我深夜难眠，起床坐着弹琴。

单薄的帷幔照出一轮明月，清风吹拂着我的衣襟。

夜中不能寐，起坐弹鸣琴：此二句化用王粲《七哀诗》诗句："独夜不能寐，摄衣起抚琴。"意思是因为忧伤，到了半夜还不能入睡，就起来弹琴。

明

4. 除夜宿石头驿

戴叔伦（唐）

旅馆谁相问？寒灯独可亲。

一年将尽夜，万里未归人。

寥落悲前事，支离笑此身。

愁颜与衰鬓，明日又逢春。

【译文】

有谁能到旅馆中探问，孤独一人只有寒灯可亲。

这是一年最后一个夜晚，我仍在万里之外未回家乡。

寂寥落寞中悲伤往事，游离多病苦笑自身。

愁苦的容颜与衰颓的鬓发，明日迎来又一新春。

除夜：除夕夜。

问：问寒问暖。

寥落：寂寥落寞。

支离：指流离多病。

5. 山居秋暝

王维（唐）

空山新雨后，天气晚来秋。

明月松间照，清泉石上流。

竹喧归浣女，莲动下渔舟。

随意春芳歇，王孙自可留。

【译文】

新雨过后山谷里空旷清新，深秋傍晚的天气特别凉爽。

明月映照着幽静的松林间，清澈的泉水在碧石上流淌。

竹林中少女喧笑洗衣归来，莲叶晃动处渔船轻轻摇荡。

春天的美景虽然已经消歇，眼前的秋景足以令人流连。

6. 池州翠微亭

岳飞（宋）

经年尘土满征衣，

特特寻芳上翠微。

好水好山看不足，

马蹄催趁月**明**归。

【译文】

我常年驰骋疆场，战袍上洒满了灰尘。今天，我特地游春看花，浏览翠微亭的美景。

好山好水，我怎么也看不够，在马蹄声的催促中，我也只能踏着月色归去了。

经年：常年。

征衣：离家远行的人的衣服。这里指从军的衣服。

特特：特地。

寻芳：游春看花。

小知识

岳飞，南宋时期抗金名将、军事家、战略家、民族英雄、书法家、诗人，位列南宋"中兴四将"之首。岳飞重视人民抗金力量，以身作则，率领的"岳家军"号称"冻死不拆屋，饿死不打掳"。金军有"撼山易，撼岳家军难"的评语，以示对"岳家军"的由衷敬佩。

7. 塞下曲二首·其一

卢纶（唐）

林暗草惊风，

将军夜引弓。

平**明**寻白羽，

没在石棱中。

【译文】

深林里风吹草动，好像有什么野兽潜伏在那里，李广将军便向那里拉弓射箭。

天刚亮大家前去寻找箭，才发现，将军拉弓时用力过猛，箭都钻入石头中了。

平明：天刚亮。

白羽：尾部装着鸟毛的箭。

没：陷入。

8. 望月有感

白居易（唐）

时难年荒世业空，弟兄羁旅各西东。
田园寥落干戈后，骨肉流离道路中。
吊影分为千里雁，辞根散作九秋蓬。
共看**明**月应垂泪，一夜乡心五处同。

【译文】

家业已无时局艰危又遇灾荒，弟兄们滞留在外天各一方。

战乱过后田园荒芜寥落，亲人们流离失所奔走悲伤。

顾影有如千里外的孤雁，还如断根的蓬草在秋风中飘扬。

共看天上的明月应会落泪，同一个夜晚分作五处都在思乡。

小知识

本诗序言：

自河南经乱，关内阻饥，兄弟离散，各在一处。因望月有感，聊书所怀，寄上浮梁大兄，於潜七兄，乌江十五兄，兼示符离及下弟妹。

9. 锦瑟（节选）

李商隐（唐）

沧海月**明**珠有泪，

蓝田日暖玉生烟。

此情可待成追忆，

只是当时已惘然。

【译文】

沧海月明鲛人泣泪成珠，蓝田在暖日下美玉生烟。

此情此景都成为回忆，只是时光不再都已惘然。

沧海：《博物志》："南海外有鲛人，水居如鱼，不废绩织，其眼泣则能出珠。"

敦煌十字图诗

"十字图诗"是指诗的排列为"十"字形的诗，读法颇多，但一般居于"十"字中心的那个字在每一句中都会被用到。

"十字图诗"属于图像诗，也属于回环顶针，其中有的也属于回文诗，甚至有的是反复诗。此诗出自敦煌遗书，为唐人所作。你能将它读出来吗？

（"霜"是关键，拆开为"雨""相"，合为"霜"。）

```
                    天
                    阴
                    逢
                    白
      日 照 仁 卿    霜    开 辟 文 王
                    寒
                    露
                    结
                    为
```

答案

天阴逢白雨，寒露结为霜。

日照仁卿相，雨开辟文王。

江

1. 早发白帝城

李白（唐）

朝辞白帝彩云间，

千里江陵一日还。

两岸猿声啼不住，

轻舟已过万重山。

【译文】

早晨离开高入云端的白帝城，千里远的江陵一日便能返程。

两岸的猿声啼个不住，轻舟已飞过千万重青山。

2. 江南逢李龟年

杜甫（唐）

岐王宅里寻常见，

崔九堂前几度闻。

正是江南好风景，

落花时节又逢君。

【译文】

岐王府里曾经常相见，崔九堂前多次听到你的歌声。

正值江南风光无限美好，落花的时候又与你相逢。

李龟年：唐玄宗时著名宫廷音乐家。

岐王：唐玄宗弟。

崔九：即崔涤，排行九，官殿中监。

落花时节：春末夏初。君：指李龟年。

小知识

> 杜甫少年时才华卓著，常出入于岐王和中书监的门庭，得以欣赏宫廷歌唱家李龟年的歌唱。安史之乱后，杜甫漂泊到江南一带。大历五年，杜甫在潭州，和流落于此的李龟年重逢，回忆起以前频繁相见和听歌的情景，感慨万千，于是写下这首诗。此诗是杜甫绝句中最有情韵、最富含蕴的一篇，只有28个字，却包含着丰富的时代生活内容。

3. 赠花卿

杜甫（唐）

锦城丝管日纷纷，
半入江风半入云。
此曲只应天上有，
人间能得几回闻？

【译文】

锦官城中的丝管演奏不停，一半随风传到江上一半飘入云中。

这样的乐曲只应在宫廷中才有，在民间很少能听到这样的乐声。

锦城：今四川成都。

丝管：泛指乐器。

天上：天子所居的皇宫。在封建社会里，礼乐都是有严格等级的。天

江

子享用的音乐，别人不得僭用。

4. 八阵图

杜甫（唐）

功盖三分国，

名成八阵图。

江流石不转，

遗恨失吞吴。

【译文】

功在建立蜀国天下三分，摆下八阵图威名大震。

石阵不因江流而转动，未能劝阻伐吴是唯一的遗恨。

八阵图：由八种图形组成的阵势。

石不转：由石头垒成的八阵图，不因大江流水而移动。

失吞吴：诸葛亮最大的失策在于未能劝阻刘备伐吴。

5. 绝句二首·其一

杜甫（唐）

迟日江山丽，

春风花草香。

泥融飞燕子，

沙暖睡鸳鸯。

【译文】

江山明丽春日正长，春风吹来花草的芳香。

衔泥的燕子飞去筑巢，温暖的沙滩上睡着鸳鸯。

迟日：春日。春天日渐长，所以说迟日。

泥融：指土滋润、湿润。

6. 送杜十四之江南

孟浩然（唐）

荆吴相接水为乡，

君去春江正渺茫。

日暮征帆何处泊，

天涯一望断人肠。

【译文】

湖北与江苏的水乡彼此为邻，你此去大江中春水正深。

日暮时不知你船泊何处，望尽天涯使人伤心断肠。

杜十四：杜晃，排行十四。

荆吴：湖北与江苏。

7. 丹阳送韦参军

严维（唐）

丹阳郭里送行舟，

江

一别心知两地秋。

日晚**江**南望江北，

寒鸦飞尽水悠悠。

【译文】

丹阳城里送走了远行的客舟，分别后一处愁变做两处愁。

日晚时站在江南遥望江北，只见寒鸦飞尽江水悠悠。

8. 清江曲内一绝

崔峒（唐）

八月长**江**去浪平，

片帆一道带风轻。

极目不分天水色，

南山南是岳阳城。

【译文】

八月的长江浪静波平，扬帆远去一路风轻。

放眼远望水天一色，南山南边就是岳阳城。

极目：向极远处眺望。

9. 题乌江亭

杜牧（唐）

胜败兵家事不期，

包羞忍耻是男儿。

江东子弟多才俊，

卷土重来未可知。

【译文】

胜败乃兵家常事无法预期，能够包羞忍辱方显男儿之气。

江东子弟多有才俊之士，有朝一日卷土重来亦未可知。

乌江亭：故址在今安徽和县东北的乌江浦，相传是项羽兵败自刎之处。

不期：不能预料。

包羞忍耻：忍辱负重之意。

江东：指项羽的故乡楚地。项羽起事时带八千子弟兵渡江。

10. 江上渔者

范仲淹（宋）

江上往来人，

但爱鲈鱼美。

君看一叶舟，

出没风波里。

【译文】

江上来来往往的人们，只喜爱鲈鱼的美味。

但是你看那像一片树叶似的小渔船，在风浪中一会儿颠上来，一会儿颠下去。

江

小知识 范仲淹，北宋杰出的思想家、政治家、文学家。范仲淹政绩卓著，文学成就突出。他倡导的"先天下之忧而忧，后天下之乐而乐"思想和仁人志士节操，对后世影响深远。他的诗和词都很豪放，以反映边地风光和征战劳苦见长。

11. 惠崇春江晚景二首·其一

苏轼（宋）

竹外桃花三两枝，

春江水暖鸭先知。

蒌蒿满地芦芽短，

正是河豚欲上时。

【译文】

竹林外两三枝桃花初放，鸭子在水中游戏，它们最先察觉到了初春江水的回暖。

河滩上已经满是蒌蒿，芦笋也开始抽芽，而河豚此时正要逆流而上，从大海洄游到江河里来了。

小知识 惠崇是宋朝著名的画家。《春江晚景》是他创作的，本诗是苏轼题在这幅画上的诗。

1. 请从以下九个字中识别一句五字诗词。

今	人	为
生	作	东
杰	江	当

2. 请从以下 12 个字中识别一句七字诗词。

只	半	应	有
夕	此	江	天
回	上	曲	梦

3. 请从以下 12 个字中识别一句七字诗词。

风	楼	西	烟
雨	千	多	中
八	台	朝	少

答案

1. 生当作人杰（出自宋·李清照《夏日绝句》）

2. 此曲只应天上有（出自唐·杜甫《赠花卿》）

3. 多少楼台烟雨中（出自唐·杜牧《江南春》）

古诗词

1. 题临安邸

林升（宋）

山外青山楼外楼，

西湖歌舞几时休？

暖风熏得游人醉，

直把杭州作汴洲。

【译文】

　　美丽的西湖青山重重叠叠，一座座楼阁雕梁画栋不计其数。西湖游船上轻歌曼舞日夜不歇。

　　和煦的春风吹得这些游人昏昏欲睡，怎么还会记得丢失的北方领土，沦落的旧都！他们简直把暂时脱身的杭州，当成了如梦般繁华的汴州！

2. 题西林壁

苏轼（宋）

横看成岭侧成峰，

远近高低各不同。

不识庐山真面目，

只缘身在此山中。

【译文】

　　从正面、侧面看庐山山岭连绵起伏、山峰耸立，从远处、近处、高处、低处看庐山，庐山呈现各种不同的样子。

山

我之所以认不清庐山真正的面目，是因为我自身就处在庐山之中。

3. 过华清宫绝句三首·其一

杜牧（唐）

长安回望绣成堆，

山顶千门次第开。

一骑红尘妃子笑，

无人知是荔枝来。

【译文】

回望长安城中锦绣成堆，骊山上的宫门依次打开。

望见扬尘的快马杨贵妃欢心一笑，别人不知道原是荔枝送来。

华清宫：故址在今陕西临潼骊山上。唐玄宗所建的行宫。

绣成堆：形容骊山美不胜收。骊山两旁有东绣岭、西绣岭。

千门：华清宫无数道宫门。

4. 蜂

罗隐（唐）

不论平地与山尖，

无限风光尽被占。

采得百花成蜜后，

为谁辛苦为谁甜？

【译文】

无论是平地还是山尖，无限风光都被你所占领。

采遍百花酿成蜜后，到头来是在为谁辛苦忙碌？为谁在献出甘甜？

5. 己亥岁二首·其一

曹松（唐）

泽国江山入战图，

生民何计乐樵苏。

凭君莫话封侯事，

一将功成万骨枯。

【译文】

富饶的水乡泽国陷入了战争，人民没有办法劳作谋生。

请你不要再说封侯之事，一将功成需要牺牲多少士卒的生命。

6. 题君山

方干（唐）

曾于方外见麻姑，

闻说君山自古无。

原是昆仑山顶石，

海风吹落洞庭湖。

【译文】

　　曾于东海见到麻姑女仙，听她说洞庭湖自古并无君山。

　　原本是昆仑山上的一片碎石，被海风吹落到洞庭湖里边。

　　君山：又名湘山，洞庭湖中小岛。

　　方外：域外，指仙境。

　　麻姑：道教所尊奉的仙女。

7. 石灰吟

于谦（明）

千锤万击出深**山**，

烈火焚烧若等闲。

粉骨碎身全不怕，

要留清白在人间。

【译文】

　　石灰石只有经过千万次锤打才能从深山里开采出来，对它来说，在熊熊烈火中燃烧也是很平常的一件事。

　　即使粉身碎骨也毫不惧怕，甘愿把一身清白留在人世间。

小知识

　　于谦，是明代杰出的政治家和军事家。这首《石灰吟》是于谦少年时的作品，诗中热烈地歌颂了石灰的品质和坚贞不屈的精神，实际上是作者以石灰自比，表达了自己无比高尚的情操和不平凡的抱负。他的一生遭遇和实践说明，这首诗恰好是于谦崇高人格的真实而生动的写照。

8. 别诗·其一

应场（东汉）

朝云浮四海，日暮归故**山**。

行役怀旧土，悲思不能言。

悠悠涉千里，未知何时旋。

【译文】

早晨的云朵飘浮四海，黄昏时夕阳归沉于故山。

久别故里，难免要深切的思乡，而乱世中的思乡，又令人百感交集、无以言表。

跋涉千里万里，何处是止宿处，自己难以知晓，何时能重返故里，更是无法预料的事情。

小知识

建安七子，是汉建安年间（196—220年）七位文学家的合称，包括孔融、陈琳、王粲、徐干、阮瑀、应场、刘桢。这七人大体上代表了建安时期除曹氏父子（即曹操、曹丕、曹植）外的文学成就。他们对于诗、赋、散文的发展，都曾做出过贡献。建安七子与"三曹"被视作汉末三国时期文学成就的代表。

9. 溪居

柳宗元（唐）

久为簪组累，幸此南夷谪。

闲依农圃邻，偶似山林客。

晓耕翻露草，夜榜响溪石。

来往不逢人，长歌楚天碧。

【译文】

长久以来为官职所拘束，有幸来此南方谪居。

空闲时与邻家老农结伴，偶尔也像山中的一个隐士。

清晨耕地翻动带露的小草，夜里行船敲响溪石。

来往之间见不到一个人，放声歌唱遥望楚天青碧。

溪：即愚溪。原名冉溪，柳宗元贬至永州，居于此，改名为愚溪，意谓己之愚及于溪泉。

簪组：古代官吏的服饰。

南夷：指南方少数民族。

谪：贬至外地，流放。

夜榜：夜航。

小知识

柳宗元，唐代文学家、哲学家、散文家和思想家。世称"柳河东"，因官终柳州刺史，又称"柳柳州"。柳宗元与韩愈并称为"韩柳"，与刘禹锡并称"刘柳"，与王维、孟浩然、韦应物并称"王孟韦柳"。

10. 襄阳歌（节选）

李白（唐）

落日欲没岘山西，倒着接篱花下迷。

襄阳小儿齐拍手，拦街争唱白铜鞮。

旁人借问笑何事，笑杀山翁醉似泥。

【译文】

太阳就要落入岘山西方，倒戴着帽子在花下迷狂。

襄阳的儿童乐得齐拍手，拦在街道上争着将《白铜鞮》歌唱。

旁人问他们为何这样笑，他们笑我像山公醉得不成模样。

小知识

这是李白的醉歌，诗中以醉汉的心理和眼光看周围世界，实际上是以带有诗意的眼光来看待一切，思索一切。诗一开始用了晋朝山简的典故。山简镇守襄阳时，喜欢去习家花园喝酒，常常大醉骑马而回。当时的歌谣说他："日暮倒载归，酩酊无所知。复能骑骏马，倒着白接篱。"接篱，一种白色帽子。李白在这里是说自己像当年的山简一样，日暮归来，烂醉如泥，被儿童拦住拍手唱歌，引起满街的喧笑。

1. 请从以下 12 个字中识别一句七字诗词。

春	木	护	云
定	明	化	泥
作	更	雨	花

2. 请调整文字顺序，完整诗词。

天净沙·秋思

马致远（元）

枯 藤 涯 西 道 下，

老 阳 天 桥 人 家，

古 树 人 小 瘦 马。

夕 鸦 流 风，

断 肠 昏 在 水 西。

答案

1. 化作春泥更护花（出自清·龚自珍《己亥杂诗》）

2. 枯藤老树昏鸦，
　小桥流水人家，
　古道西风瘦马。
　夕阳西下，
　断肠人在天涯。

1. 步出夏门行·观沧海

曹操（三国）

东临碣石，以观沧海。

水何澹澹，山岛竦峙。

树**木**丛生，百草丰茂。

秋风萧瑟，洪波涌起。

日月之行，若出其中；

星汉灿烂，若出其里。

幸甚至哉，歌以咏志。

【译文】

东行登上碣石山顶，居高以观苍茫的大海。

大海烟波浩渺，水波荡漾，山岛巍然耸立。

岛上树木苍翠丛生，百草繁盛丰茂。

秋风萧萧吹起，大海涌起洪波巨浪。

荡荡海域与天相接，太阳月亮仿佛在大海中运行。

银河璀璨也仿佛是从大海升起。

我真是无比幸运，可以用诗歌来歌咏我的志向和心情。

碣石：原渤海边的一座山名，在今河北省昌黎县北。

沧海：大海。海水苍青色，因此称沧海。

澹澹：水波动荡的样子。

竦峙：挺拔。"竦"同"耸"。

2. 寄朱锡珪

贾岛（唐）

远泊与谁同，来从古**木**中。

长江人钓月，旷野火烧风。

梦泽吞楚大，闽山隐海丛。

此时樯底水，涛起屈原通。

【译文】

与谁在一起漂泊远行，来自古老的树木之中。

人在月下的长江垂钓，旷野中的火势借助于风。

云梦大泽几乎将楚地吞没，闽山隐没在海边树丛。

这时帆船底下的江水，波涛涌起传来屈原的冤情。

泊：停船。

樯：代指船。

屈原：战国时楚国大夫，爱国诗人，遭谗毁，自沉于汨罗江。

3. 书湖阴先生壁二首·其一

王安石（宋）

茅檐长扫净无苔，

花**木**成畦手自栽。

一水护田将绿绕，

两山排闼送青来。

【译文】

常常把庭院打扫得干干净净没有青苔，花木规整成行成垅也是亲手培栽。

一条小河环绕着绿油油的田地，两座大山推门直入，送进了青翠的山色。

茅檐：茅屋檐下，这里指庭院。

成畦：成垄成行。畦：经过修整的一块块田地。

小知识

湖阴先生本名叫杨德逢，是王安石住在金陵紫金山下时的邻居。这首诗是题在杨家墙壁上的。主要是写山中人家的初夏景色。

4. 楚江怀古三首·其一

马戴（唐）

露气寒光集，微阳下楚丘。

猿啼洞庭树，人在木兰舟。

广泽生明月，苍山夹乱流。

云中君不降，竟夕自悲秋。

【译文】

浓重的露气凝聚着寒光，楚地的山丘夕阳下落。

猿在洞庭湖畔的树上啼叫，游人乘坐在木兰舟上。

宽广的湖面升起明月，两岸苍山夹着乱流。

云中君为何不肯降下，秋夜里独自久久的悲伤。

集：凝聚。

楚丘：楚地的山丘。

广泽：指洞庭湖。

云中君：传说中云中之神。

5. 答柳恽

吴均（南北朝）

清晨发陇西，日暮飞狐谷。

秋月照层岭，寒风扫高木。

雾露夜侵衣，关山晓催轴。

君去欲何之？参差问原陆。

一见终无缘，怀悲空满目。

【译文】

旅途遥远，朝发陇西郡，暮至飞狐关，关山千里。

金秋皓月当空，凉气满山林，西风呼啸连日不停，折断高树扬起沙尘。

雾气漾漾露水成珠，寒气侵入衣襟；千山万岭道路崎岖，天明就催促着赶快行车。

你此去要去何处呢？高低不平的山丘间隔了大地，使朋友不能相见。

从今天各一方，怕是没有机会再见，我胸怀离愁别恨，满目凄然。

层岭：重重山岭。

催轴：催促行车。

间：间隔。

6. 登高

杜甫（唐）

风急天高猿啸哀，渚清沙白鸟飞回。

无边落木萧萧下，不尽长江滚滚来。

万里悲秋常作客，百年多病独登台。

艰难苦恨繁霜鬓，潦倒新停浊酒杯。

【译文】

风急天高猿啼声哀，水清沙白飞鸟在徘徊。

无边的落叶在纷纷飘下，望不见尽头的长江滚滚奔来。

万里外秋日多愁常年作客，一生多病独自登上高台。

艰难苦恨两鬓白如霜雪，潦倒穷愁刚放下手中酒杯。

渚：江中小洲。

落木：落叶。

百年：一生。

繁霜鬓：如霜的两鬓白发多起来。

潦倒：此指衰老多病，志不得伸。

小知识

> 杜甫，唐代诗人，伟大的现实主义诗人，被尊崇为"诗圣"，其诗被称为诗史。他与李白并称为"李杜"。他的代表作作《石壕吏》《新安吏》和《潼关吏》；《新婚别》《无家别》和《垂老别》，合称"三吏""三别"，是千古传颂的名篇，在中国古典诗歌中的影响非常深远，杜甫的诗反映了唐朝由盛转衰的社会现实。

7. 读山海经十三首·其十

陶渊明（晋）

精卫衔微**木**，将以填沧海。

刑天舞干戚，猛志固常在。

同物既无虑，化去不复悔。

徒设在昔心，良辰讵可待。

【译文】

精卫含着微小的木块，要用它填平沧海。

刑天挥舞着盾斧，刚毅的斗志始终存在。

人死后既不会思虑，也不会感到什么后悔。

我有像精卫和刑天那样的雄心壮志，但时光过去了，可悲的是自己的志向没有实现。

精卫：神话中的鸟名。《山海经·北山经》说，炎帝的小女儿女娃，在东海游泳时淹死了。她很不服气，便化为一只叫精卫的神鸟，天天到西山衔来木片和石块，要把东海填平。

刑天：神名。《山海经·海外西经》说，刑天与天帝争斗，被砍下了头，但他并不屈服，以两乳为目，肚脐为口，挥舞盾斧继续与天帝战斗。

干：盾。

戚：斧。

设：具有。

讵：岂。

小知识

陶渊明，晋朝诗人。几次出仕，后因看不惯官场的腐败黑暗，后辞官隐居家乡。他的诗歌具有浓郁的田园气息，许多作品直接取材于农村的日常生活。

单字双叠诗

仲春一日，翰林学士苏轼收到诗友佛印禅师的长歌一首，全篇单字双叠，共百余对，写得十分怪异：

"野野鸟鸟啼啼时时有有思思春春气气桃桃花花发发满满枝枝莺莺雀雀相相呼呼唤唤岩岩畔畔花花红红似似锦锦屏屏堪堪看看……"

苏学士反复吟诵，苦心推敲，难解其意，弄得食不甘味，夜不能寐，像生了大病。苏小妹知道后，匆匆来到哥哥书房探访，听罢缘由后，取过佛印禅师的诗笺细细琢磨。良久，忽然笑着说："贤兄无须犯难，此歌好解！"说完拿起诗笺，念了起来，破了此谜。东坡一听，恍然大悟，连声称妙。你能猜出苏小妹是如何解的诗吗？

答案

野鸟啼，野鸟啼时时有思。

有思春气桃花发，春气桃花发满枝。

满枝莺雀相呼唤，莺雀相呼唤岩畔。

岩畔花红似锦屏，花红似锦屏堪看……

1. 赠崔秋浦三首·其一

李白（唐）

吾爱崔秋浦，宛然陶令风。

门前五杨柳，井上二梧桐。

山鸟下听事，檐花落酒中。

怀君未忍去，惆怅意无穷。

【译文】

我喜欢秋浦县的崔县令，宛然有东晋陶潜之风。

门前栽有五株杨柳树，井边还栽着两棵梧桐。

山鸟飞落在厅事堂前，檐花飘落在酒杯之中。

怀恋你的美德不忍离去，临别时满怀惆怅意无穷。

陶令：陶渊明。因做过彭泽县令，故称陶令。

门前五杨柳：陶渊明《五柳先生传》："门前有五柳，因以为号焉。"

小知识

　　李白，字太白，号青莲居士，被后人誉为"诗仙"，是伟大的浪漫主义诗人。他的代表作《望庐山瀑布》《行路难》《蜀道难》《将进酒》《梁甫吟》《早发白帝城》等，脍炙人口，广为传颂，他的诗充分表现了其非凡的抱负，奔放的激情，豪侠的气概，也集中代表了盛唐诗歌昂扬奋发的精神。

2. 李思训画长江绝岛图

苏轼（宋）

山苍苍，水茫茫，大孤小孤江中央。

崖崩路绝猿鸟去，唯有乔木参天长。

客舟何处来？棹歌中流声抑扬。

沙平风软望不到，孤山久与船低昂。

峨峨两烟鬟，晓镜开新妆。

舟中贾客莫漫狂，小姑前年嫁彭郎。

【译文】

山色葱茏，烟水渺茫，大孤山和小孤山耸立在江中央。

山崖倒塌，路径不通，那里连猿猴和鸟雀也留不住，只有高大的乔木高入云霄。

有客舟从那里而来，在摇橹人的歌声中船身高低抑扬。

沙滩平坦，微风徐来，看得见孤山但一下子又到不了。浪头把船掀高，人就觉得孤山低下去，船低下去，就觉得孤山高起来。就这样船身一高一低经历了好久。

高高的两座山，烟雾迷蒙，远远看去好像发髻一样。长江像是早晨打开的明镜，照着新梳的两个发髻。

船里的商人不要对着这秀丽的景色胡思乱想，小孤山已经"嫁给"对岸的澎浪矶。

李思训：唐代著名山水画家。他的山水画被称为"李将军山水"。《长江绝岛图》画的是大孤山和小孤山。此画现已失传。

大孤小孤：指大孤山、小孤山。两山屹立江中，遥遥相对。

棹歌：摇橹人唱的歌。

峨峨：高耸的样子。

贾客：商人。

小姑：指小孤山。彭郎：即彭浪矶，在小孤山对岸。民间传说中，将小孤山称"小姑"，彭浪矶称"彭郎"，他们是夫妻。

小知识

1078年冬天，苏轼在徐州看到这幅唐朝名画《长江绝岛图》，写下了这首诗。作者把画中山水写得这样美，特别是"棹歌中流声抑扬"和"孤山久与船低昂"这样描写动态的诗句，简直把画中景物写活了。末尾运用"小姑嫁彭郎"的传说，更加强了全诗的情调和风趣。

3. 长恨歌（节选）

白居易（唐）

在天愿作比翼鸟，
在地愿为连理枝。
天长地久有时尽，
此恨绵绵无绝期。

【译文】

在天上，我们愿作齐飞的比翼鸟；在地上，我们甘为永不分离的连理枝。即使是天长地久，总会有终了之时；唯有这生死遗恨，却永远没有尽期。

4. 春宿左省

杜甫（唐）

花隐掖垣暮，啾啾栖鸟过。

星临万户动，月傍九霄多。

不寝听金钥，因风想玉珂。

明朝有封事，数问夜如何。

【译文】

花枝隐于宫墙两侧暮色中，归飞的宿鸟在啾啾啼鸣。

星光在千家万户上流动，明月升上九霄的高空。

不能入睡听开启宫门的金钥，因风想到玉珂相撞的响声。

明日早朝会有上书奏事，几次探问是否已经天明。

宿：值夜。左省，即左拾遗所归属的门下省。

掖垣：门下省与中书省位于宫墙的两边，像人的两腋，故名。

金钥：即金锁。指开宫门的锁钥声。

玉珂：马勒上玉做的装饰品，马行时碰撞发声。

封事：臣下上书奏事，为防泄露，用黑色袋子密封。

5. 赋得暮雨送李曹

韦应物（唐）

楚江微雨里，建业暮钟时。

漠漠帆来重，冥冥鸟去迟。

海门深不见，浦树远含滋。

相送情无限，沾襟比散丝。

【译文】

楚江笼罩在细雨之中，建业城传来日暮时的钟声。

细雨无边船帆显得很重，昏暗中鸟儿缓慢飞向天空。

见不到大江在远方的入海口，雨水滋润江边的树木丛生。

送别老朋友情深无限，泪水和着雨丝流个不停。

浦树：水边的树。

散丝：比喻流泪。

鸟

6. 无题·相见时难别亦难

李商隐（唐）

相见时难别亦难，东风无力百花残。

春蚕到死丝方尽，蜡炬成灰泪始干。

晓镜但愁云鬓改，夜吟应觉月光寒。

蓬山此去无多路，青鸟殷勤为探看。

【译文】

见面很难，分别时也难。暮春天气，百花残谢，更加使人伤感。春蚕到死时丝才吐完，蜡烛要燃完成灰时蜡油才能滴干。早晨照镜，担忧鬓发改变颜色，青春的容颜消失。对方的住处就在不远的地方，却无路可通。希望有青鸟为我去探看有情人，来往传递消息。

蓬山：即蓬莱山，传说中的海上仙山。借指所思念人的住处。

青鸟：传说为西王母的使者。

7. 题李凝幽居

贾岛（唐）

闲居少邻并，草径入荒园。

鸟宿池边树，僧敲月下门。

过桥分野色，移石动云根。

暂去还来此，幽期不负言。

【译文】

居住在这悠闲地方邻居很少，荒园中小路两边生遍杂草。

归鸟在池边的树上栖息，老僧在月光下将山门敲。

走过小桥野外景色被分开，云在飘移山石也像在动摇。

暂时离开我还会回来，按约定一起在此隐居。

邻并：邻居。

云根：古人认为"云触石而生"，故称石为云根。此指石上的云气。

小知识

贾岛，唐代著名诗人。他是韩愈赏识的诗人，诗的风格和孟郊相近，与孟郊并称"郊寒岛瘦"。

8. 题松汀驿

张祜（唐）

山色远含空，苍茫泽国东。

海明先见日，江白迥闻风。

鸟道高原去，人烟小径通。

那知旧遗逸，不在五湖中。

【译文】

山色连接着远方天空，驿站在苍茫的江南水乡东。

湖面明亮先看见日出，江水泛着白光传来远处风声。

狭窄的山路伸向高原深处，小路与升起炊烟的村落相通。

哪知旧日隐逸的老友，却不在这五湖烟雨之中。

泽国：指江南水乡。

江白：江水泛起白浪。

鸟道：只有鸟才能飞过的山间小路。

遗逸：隐逸之士。

五湖：太湖。此指退隐之处。

1. 请填入诗词的下句。

日出江花红胜火，＿＿＿＿＿＿＿＿。（唐·白居易《忆江南》）

2. 请填入诗词的下句。

几处早莺争暖树，＿＿＿＿＿＿＿＿。（唐·白居易《钱塘湖春行》）

3. 请调整文字顺序，完整诗词。

小 池

杨万里（宋）

早流尖声无细照，

树立阴水眼睛露，

小荷才惜头爱角。

柔泉蜻蜓有上尖。

答案

1. 春来江水绿如蓝

2. 谁家新燕啄春泥

3. 泉眼无声惜细流，树阴照水爱晴柔。

　　小荷才露尖尖角，早有蜻蜓立上头。